Inhalt

Poirot riecht den Braten

I

«Einen Penny für Guy Fawkes, Sir?»

Der kleine Junge mit dem schmutzigen Gesicht grinste liebenswürdig.

«Ich denke nicht daran!», entgegnete Chefinspektor Japp. «Hör mal, Bürschchen ...»

Es folgte eine kurze Strafpredigt. Der erschrockene Junge trat eilig den Rückzug an, wobei er seinen Kameraden laut und deutlich zurief: «Verdammt, der feine Kerl ist ein Bulle!»

Die Bande von Gassenjungen ergriff die Flucht und sang dabei das alte Lied:

«Gedenke, gedenke
des fünften November,
Pulver, Verrat und Komplott.
Wir sehen nicht ein,
dass ein Pulver-Komplott
jemals vergessen sollt' sein.»

Der Begleiter des Chefinspektors, ein kleiner älterer Mann mit eiförmigem Schädel und großem, militärisch wirkendem Schnurrbart, lächelte in sich hinein.

«Très bien, Japp», bemerkte er. «Eine treffliche Predigt! Ich gratuliere Ihnen!» ,

«Nichts als ein dummer Vorwand, um zu betteln, dieser Guy-Fawkes-Tag!», grollte Japp.

«Ein interessantes Relikt», meinte Hercule Poirot. «Die Feuerwerkskörper knallen – peng – peng –, obwohl der Bursche, zu dessen Gedächtnis das geschieht, und seine Tat längst vergessen sind.»

Der Mann von Scotland Yard nickte.

«Glaube nicht, dass von diesen Kindern noch viele wissen, wer Guy Fawkes war.»

«Und bald wird es zweifellos eine Begriffsverwirrung geben. Ist es Ehre oder Fluch, wenn am fünften November das *feu d'artifice* in den Himmel steigt? War es Sünde, ein englisches Parlament in die Luft zu sprengen, oder eine hochherzige Tat?»

Japp lachte amüsiert. «Manche Leute würden sicherlich sagen, das letztere.»

Die beiden Männer bogen von der Hauptstraße in eine vergleichsweise ruhige Gasse ein. Sie hatten zusammen zu Abend gegessen und nahmen nun die Abkürzung zu Hercule Poirots Wohnung durch einen Hof mit zu Garagen und Wohnungen umgebauten ehemaligen Stallungen.

Während sie so dahinschritten, ließ sich von Zeit zu Zeit immer wieder das Zischen von Feuerwerkskörpern vernehmen. Gelegentlich erhellte ein goldener Funkenregen den Himmel.

«Eine gute Nacht für einen Mord», bemerkte Japp mit kriminalistischem Interesse. «Ein Schuss beispielsweise würde in einer solchen Nacht keinem Menschen auffallen.»

«Ich habe mich immer gewundert, dass nicht mehr Verbrecher sich diese Tatsache zunutze machen», stimmte Hercule Poirot zu.

«Wissen Sie, Poirot, manchmal wünschte ich fast, dass Sie einmal einen Mord begingen.»

«Mon cher!»

«Ja, ich sähe zu gerne, wie Sie das anstellen würden.»

«Mein lieber Japp, *wenn* ich einen Mord beginge, hätten Sie nicht die leiseste Chance zuzusehen, wie ich das – äh anstelle! Sie würden wahrscheinlich nicht einmal bemerken, dass ein Mord geschehen ist.»

Japp lachte gutmütig.

«Ein eingebildeter kleiner Teufel, das sind Sie!», sagte er nachsichtig.

Am nächsten Vormittag um halb elf klingelte bei Hercule Poirot das Telefon.

«'allo? 'allo?»

«Hallo, sind Sie das, Poirot?»

«Oui, c'est moi.»

«Hier spricht Japp. Erinnern Sie sich, wir sind doch gestern Abend durch die Bardsley Gardens Mews nach Hause gegangen?»

«Ja?»

«Und dabei sprachen wir darüber, wie leicht es sein würde, bei der ganzen Knallerei unbemerkt einen Menschen zu erschießen, ja?»

«Gewiss.»

«Nun, genau dort in der Straße hat es einen Selbstmord gegeben. In Nummer vierzehn. Eine junge Witwe – Mrs. Allen. Ich fahre jetzt hin. Hätten Sie Lust mitzukommen?»

«Verzeihung, aber ist es üblich, dass ein Mann von Ihrer Bedeutung, mein lieber Freund, zu einem Selbstmordfall geschickt wird?»

«Kluge Frage. Nein, es ist nicht üblich. Ehrlich gesagt,

unser Arzt scheint der Meinung zu sein, dass etwas nicht stimmt. Wollen Sie mitkommen? Irgendwie habe ich das Gefühl, Sie sollten dabei sein.»

«Und ob ich kommen will! Nummer vierzehn, sagten Sie?»

«Ganz recht.»

Poirot traf fast in dem Augenblick vor dem Haus Bardsley Gardens Mews Nummer vierzehn ein, als ein Wagen vorfuhr, in dem Japp und drei weitere Beamte saßen.

Das Haus stand unverkennbar im Mittelpunkt des allgemeinen Interesses. Eine große Menschenmenge, bestehend aus Chauffeuren, ihren Frauen, Laufburschen, Spaziergängern, wohlgekleideten Passanten und unzähligen Kindern, hatte sich im Kreis davor versammelt und starrte mit offenem Mund fasziniert auf das Gebäude.

Ein Polizist in Uniform bewachte die Tür und bemühte sich, die Neugierigen auf Distanz zu halten. Forsche junge Leute mit Kameras rannten geschäftig durch die Menge und stürzten wie auf Kommando herbei, als Japp aus dem Wagen stieg.

«Nichts für Sie vorläufig.» Japp winkte sie mit einer Handbewegung beiseite. Er nickte Poirot zu. «Da sind Sie ja schon. Gehen wir hinein.»

Sie traten rasch ins Haus, die Tür fiel hinter ihnen zu, und sie standen auf kleinstem Raum zusammengedrängt am Fuß einer leiterähnlichen Treppe.

Auf der obersten Stufe erschien ein Mann. Als er Japp erkannte, rief er: «Hier herauf, Sir.»

Japp und Poirot stiegen die Treppe hinauf.

Der Mann oben öffnete eine Tür auf der linken Seite, und sie traten in ein kleines Schlafzimmer.

«Bestimmt möchten Sie gern, dass ich kurz die wesentlichen Punkte zusammenfasse, Sir.»

«Sehr richtig, Jameson. Also, was hätten wir da?»

Bezirksinspektor Jameson begann seinen Vortrag.

«Die Verstorbene ist eine gewisse Mrs. Allen, Sir. Teilte die Wohnung hier mit einer Freundin – einer Miss Plenderleith. Diese Miss Plenderleith war übers Wochenende aufs Land gereist und kam heute Morgen zurück. Sie schloss die Tür auf und war überrascht, dass niemand da war. Gewöhnlich kommt um neun Uhr eine Frau zum Saubermachen. Sie begab sich als erstes nach oben auf ihr Zimmer, das ist dieses hier, und ging dann zum Zimmer ihrer Freundin gegenüber. Die Tür war von innen verschlossen. Sie rüttelte an der Klinke, klopfte und rief, bekam aber keine Antwort. Schließlich wurde sie unruhig und rief beim Polizeirevier an. Das war um zehn Uhr fünfundvierzig. Wir kamen sofort und brachen die Tür auf. Mrs. Allen lag zusammengesunken auf dem Fußboden. Sie hatte eine Schusswunde im Kopf und eine Pistole in der Hand – eine Webley, Kaliber fünfundzwanzig. Es schien ein klarer Fall von Selbstmord.»

«Wo befindet sich Miss Plenderleith jetzt?»

«Unten im Wohnzimmer, Sir. Eine sehr kaltblütige, tüchtige junge Dame, würde ich sagen. Eine mit Köpfchen!»

«Ich werde mich nachher mit ihr unterhalten. Jetzt muss ich erst mal zu Brett.»

Begleitet von Poirot ging er über den Flur und betrat

das gegenüberliegende Zimmer. Ein hoch gewachsener, älterer Mann blickte auf und nickte.

«Tag, Japp, gut, dass Sie da sind. Eine komische Sache, das Ganze.»

Japp trat zu ihm. Hercule Poirot ließ unterdessen seinen prüfenden Blick durch das Zimmer schweifen.

Es war wesentlich größer als das, welches sie soeben verlassen hatten. Während das andere ein einfaches Schlafzimmer gewesen war, besaß dieses ein Erkerfenster und war unverkennbar ein Schlafzimmer, das gleichzeitig als Salon diente.

Die Wände waren silbergrau, die Decke smaragdgrün gestrichen. An den Fenstern hingen modern gemusterte Vorhänge in Silber und Grün. Es gab einen Diwan mit einem leuchtend smaragdgrünen gesteppten Seidenüberwurf und zahlreichen silbernen und goldenen Sofakissen. Außerdem einen antiken Schreibtisch aus Nussbaumholz, eine Nussbaumkommode mit Aufsatz und etliche moderne silberglänzende Chromstühle. Auf einem niedrigen Glastisch stand ein großer Aschenbecher voll Zigarettenstummeln.

Hercule Poirot schnupperte ein paarmal diskret in der Luft. Dann gesellte er sich zu Japp, der neben der Leiche stand.

Auf dem Fußboden lag zusammengekrümmt, wie er von einem der Chromstühle geglitten war, der Körper einer jungen Frau von vielleicht siebenundzwanzig Jahren. Sie hatte blondes Haar und feine Züge. Das Gesicht war nur wenig geschminkt. Es war ein hübsches, verträumtes, vielleicht ein klein wenig dummes Gesicht. Die linke Schläfe war von geronnenem Blut bedeckt. Die Finger der rechten Hand umschlossen eine kleine Pistole. Bekleidet war die junge Frau mit einem einfachen, bis zum Hals geschlossenen dunkelgrünen Kleid.

«Na, Brett, was ist das Problem?»

Japp starrte auf die zusammengekrümmte Gestalt.

«Die Lage stimmt», sagte der Arzt. «Wenn sie sich erschossen hätte, wäre sie vom Stuhl vermutlich in genau diese Lage gerutscht. Die Tür war abgeschlossen und das Fenster von innen verriegelt.»

«Das wäre also in Ordnung. Was stimmt dann nicht?»

«Sehen Sie sich die Pistole an. Ich habe sie nicht angerührt, habe auf die Leute von der Spurensicherung gewartet. Aber es ist leicht zu erkennen, was ich meine.»

Poirot und Japp ließen sich nebeneinander auf die Knie nieder und betrachteten die Pistole aus der Nähe.

«Ich verstehe, was Sie meinen.» Japp erhob sich. «Die Waffe liegt in der Innenwölbung der Hand. Es sieht so aus, als halte sie sie fest – aber in Wirklichkeit hält sie sie nicht. Noch etwas?»

«Eine ganze Menge. Sie hat die Pistole in der *rechten* Hand. Nun sehen Sie sich mal die Wunde an. Die Pistole wurde dicht am Kopf direkt oberhalb des linken Ohres abgefeuert – des *linken* Ohrs, wohlgemerkt.»

«Hm. Damit scheint die Sache klar. Sie hätte die Pistole nicht mit der rechten Hand an diese Stelle halten und abdrücken können?»

«Völlig unmöglich, möchte ich meinen. Man könnte mit dem Arm vielleicht so weit herumfassen, aber abdrücken – das halte ich für nahezu ausgeschlossen.»

«Soweit läge der Fall also ziemlich klar. Jemand anders hat sie erschossen und einen Selbstmord vortäuschen wollen. Wie steht's aber mit der verschlossenen Tür und dem Fenster?»

Hier mischte sich Inspektor Jameson ins Gespräch.

«Das Fenster war zu und verriegelt, Sir, aber obwohl die Tür verschlossen war, konnten wir den Schlüssel nicht finden.»

Japp nickte. «Ja, das war Pech. Der Täter hat die Tür hinter sich abgeschlossen, als er ging, und gehofft, dass das Fehlen des Schlüssels nicht auffallen würde.»

«C'est bête, ça!», murmelte Poirot.

«Ach, kommen Sie, Poirot, alter Junge, Sie dürfen nicht alle andern Leute mit dem Maßstab Ihres eigenen leuchtenden Intellekts messen. Im Übrigen ist genau das eins von den Details, die gern übersehen werden. Die Tür ist abgeschlossen. Man bricht sie auf. Die Frau liegt tot da – Pistole in der Hand – klarer Fall von Selbstmord – hat sich dazu eingeschlossen. Da sucht man nicht lange nach Schlüsseln. Die Tatsache, dass Miss Plenderleith sofort die Polizei rief, war ein glücklicher Zufall. Sie hätte ebenso gut auch einen Chauffeur von nebenan heraufrufen können, um die Tür aufzubrechen – und dann wäre die Schlüsselfrage völlig übersehen worden.»

«Ja, das ist sicherlich richtig», stimmte Poirot zu. «Es wäre bei vielen Menschen die natürliche Reaktion gewesen. Die Polizei – an sie wendet man sich meist zuletzt, nicht wahr?»

Er starrte noch immer auf die Leiche.

«Fällt Ihnen irgendetwas Besonderes auf?», fragte Japp.

Die Frage klang beiläufig, doch in Japps Augen war ein gespannter Ausdruck getreten.

Hercule Poirot schüttelte langsam den Kopf.

«Ich habe bloß ihre Armbanduhr betrachtet.»

Er bückte sich und berührte die Uhr leicht mit der Fingerspitze. Es war eine zierliche, brillantenbesetzte Damenuhr mit schwarzem Moiréband, die die Tote um das Gelenk der Hand trug, in der sie die Pistole hielt.

«Ein sehr hübsches Stück», stellte Japp fest. «Muss eine Stange Geld gekostet haben.» Er blickte Poirot von der Seite her forschend an. «Ob uns das vielleicht weiterhilft?»

«Es wäre möglich – ja.»

Poirot wanderte wie beiläufig zum Schreibtisch. Es war ein Klappsekretär mit einer Schreibplatte zum Herunterlassen. Diese war kunstvoll entsprechend der im Zimmer vorherrschenden Farbskala dekoriert.

In der Mitte befand sich ein ziemlich klobiges silbernes Tintenfass und davor eine hübsche grüne Lackschreibmappe. Links davon stand eine längliche Schale aus grünem Glas, die einen silbernen Federhalter, ein Stück grünen Siegellack, einen Bleistift und zwei Briefmarken enthielt. Auf der rechten Seite der Schreibmappe stand ein verstellbarer Kalender, der Wochentag, Datum und Monat anzeigte. Außerdem ein kleines, mit Schrotkugeln gefülltes Glasgefäß, in dem eine leuchtend grüne Schreibfeder steckte. Poirot schien sich für die Feder zu interessieren. Er nahm sie heraus und betrachtete sie genau, aber sie wies keine Tintenspuren auf. Offensichtlich ein Dekorationsstück, nichts weiter. Zum Gebrauch diente der silberne Federhalter mit der tintenfleckigen Spitze. Poirots Blick wanderte zum Kalender.

«Dienstag, der fünfte November», las Japp laut vor. «Gestern. Das stimmt soweit alles.» Er drehte sich zu Brett um. «Wie lang ist sie etwa schon tot?»

«Sie starb gestern Abend um elf Uhr dreiunddreißig», erwiderte der Arzt prompt. Als er Japps erstauntes Gesicht sah, grinste er. «Bitte um Entschuldigung, lieber Japp. Konnte der Versuchung nicht widerstehen, den Allwissenden zu spielen! Nein, im Ernst, ich schätze die Todeszeit auf ungefähr elf Uhr – mit einer Stunde Spielraum nach beiden Seiten.»

«Ach, und ich hatte schon gedacht, die Armbanduhr sei stehen geblieben oder so was Ähnliches.»

«Die ist auch stehen geblieben – aber um Viertel nach vier.»

«Und dass sie um Viertel nach vier erschossen wurde, ist nicht möglich?»

«Ganz ausgeschlossen.»

Poirot hatte inzwischen den Deckel der Schreibmappe aufgeklappt.

«Gute Idee», sagte Japp, «aber da ist nichts.»

Das oberste Blatt Löschpapier erstrahlte in jungfräulichem Weiß. Poirot blätterte die anderen Seiten um, aber es war bei allen das gleiche.

Dann wandte er sein Interesse dem Papierkorb zu.

Dieser enthielt zwei oder drei zerrissene Briefe und Werbebroschüren. Sie waren nur einmal durchgerissen und leicht zusammenzusetzen. Ein Spendenaufruf von einer Gesellschaft zur Unterstützung von Kriegsveteranen. Eine Einladung zu einer Cocktailparty am dritten November. Die Benachrichtigung für einen Anprobetermin von einem Pelzgeschäft und einem Kaufhaus.

«Nichts», konstatierte Japp.

«Ja, seltsam …», murmelte Poirot.

«Sie meinen, weil Selbstmörder für gewöhnlich einen Abschiedsbrief hinterlassen?»

«Genau.»

«Also ein weiterer Beweis, dass es kein Selbstmord war!» Er schritt zur Tür. «Ich schicke jetzt meine Leute an die Arbeit. Wir gehen am besten hinunter und befragen diese Miss Plenderleith. Kommen Sie, Poirot?»

Poirot stand noch immer wie angewurzelt vor dem Schreibsekretär und den darauf befindlichen Gegenständen. Endlich ging er, aber in der Tür drehte er sich noch einmal um und starrte auf die prächtige grasgrüne Schreibfeder.

2

Am Fuß der schmalen Treppe öffnete sich eine Tür in einen großen Wohnraum – den ehemaligen Pferdestall. In diesem Raum, dessen grobverputzte Wände mit Radierungen und Holzschnitten geschmückt waren, saßen zwei Frauen.

Die eine, die in einem Sessel vor dem Kamin saß und die Hände gegen die Glut ausstreckte, war eine dunkelhaarige, tüchtig aussehende junge Dame von sieben- oder achtundzwanzig Jahren. Die zweite, eine ältere dicke Person mit einem Einkaufsnetz am Arm, ließ gerade einen atemlosen Wortschwall auf die andere los, als die beiden Männer das Zimmer betraten.

«... und ich sag Ihnen, Miss, ich hab mich so erschrocken, dass ich fast umgekippt wäre. Und wenn man bedenkt, dass ich ausgerechnet heute Morgen ...»

Die andere fiel ihr ins Wort.

«Das genügt, Mrs. Pierce. Die Herren sind von der Polizei, nehme ich an.»

«Miss Plenderleith?» Japp trat auf sie zu.

Die junge Frau nickte.

«So heiße ich. Das ist Mrs. Pierce. Sie kommt jeden Tag zu uns.»

Die unverwüstliche Mrs. Pierce brach erneut in einen Redestrom aus.

«Und wie ich eben schon zu Miss Plenderleith gesagt habe, wenn man sich überlegt, dass es ausgerechnet heute Morgen der kleinen Louisa Maud von meiner Schwester schlecht werden muss, und außer mir ist kein Mensch da, und schließlich sag ich immer, das eigene Fleisch und Blut ist einem eben doch am nächsten, und ich hab mir gedacht, Mrs. Allen ist bestimmt nicht böse deshalb, obwohl mir's immer arg ist, meine Damen zu versetzen ...»

Japp unterbrach sie geschickt. «Sie haben vollkommen Recht, Mrs. Pierce. Vielleicht hätten Sie jetzt die Freundlichkeit, Inspektor Jameson in die Küche zu begleiten, damit er Ihre Aussage zu Protokoll nehmen kann.»

Nachdem er die gesprächige Mrs. Pierce, die unaufhörlich weiterredend mit Jameson verschwand, losgeworden war, wandte sich Japp wieder der jungen Frau zu.

«Ich bin Chefinspektor Japp. Miss Plenderleith, ich würde nun gern von Ihnen hören, was Sie mir über die ganze Sache zu sagen haben.»

«Bitte. Wo soll ich anfangen?»

Ihre Selbstbeherrschung war bewundernswert. Bis auf ihre fast unnatürlich steife Haltung war ihr keine Spur von Trauer oder Erschütterung anzumerken.

«Um wie viel Uhr sind Sie heute Morgen hier angekommen?»

«Ich glaube, es war kurz vor halb zehn. Mrs. Pierce, diese alte Lügnerin, war nicht da. Ich fand ...»

«Kommt das häufiger vor?»

Jane Plenderleith zuckte die Achseln. «Ungefähr zweimal in der Woche erscheint sie erst um zwölf oder gar nicht. Eigentlich sollte sie um neun kommen. Aber wie gesagt, zweimal in der Woche ist ihr entweder ‹schlecht›, oder ein Mitglied ihrer Familie wird plötzlich krank. Putzfrauen sind alle gleich – ab und zu versetzen sie einen eben. Die hier ist noch nicht mal die schlimmste.»

«Sie haben sie schon lange?»

«Gut einen Monat. Unsere letzte hat gestohlen.»

«Bitte, fahren Sie fort, Miss Plenderleith.»

«Ja, ich habe also das Taxi bezahlt, meinen Koffer hineingetragen, mich nach Mrs. Pierce umgesehen, sie nirgends gefunden und bin dann hinauf in mein Zimmer gegangen. Ich hab mich ein bisschen zurechtgemacht und ging anschließend hinüber zu Barbara – Mrs. Allen, meine ich. Die Tür war abgeschlossen. Ich habe an der Klinke gerüttelt und geklopft, aber keine Antwort bekommen. Da bin ich hinuntergelaufen und habe die Polizei angerufen.»

«Pardon!», warf Poirot ein. «Kam Ihnen nicht der Gedanke, die Tür aufzubrechen – mit Hilfe eines der Chauffeure hier aus der Nachbarschaft?»

Ihre kühlen graugrünen Augen richteten sich auf ihn und musterten ihn forschend von oben bis unten.

«Nein, daran habe ich, glaube ich, gar nicht gedacht. Ich nahm an, falls etwas passiert war, sei die richtige Adresse, an die man sich zu wenden hätte, die Polizei.»

«Demnach vermuteten Sie also, Mademoiselle, dass tatsächlich etwas nicht stimmte?»

«Natürlich.»

«Weil Sie auf Ihr Klopfen keine Antwort bekamen? Aber es wäre doch möglich gewesen, dass Ihre Freundin ein Schlafmittel genommen hatte oder etwas Ähnliches.»

«Sie nahm nie Schlafmittel», kam die scharfe Antwort.

«Oder es hätte sein können, dass sie weggegangen war und ihre Tür abgeschlossen hatte.»

«Wozu hätte sie abschließen sollen? Außerdem hätte sie dann bestimmt eine Nachricht für mich hinterlassen.»

«Und das hat sie nicht – eine Nachricht für Sie hinterlassen? Sie sind ganz sicher?»

«Völlig. Die hätte ich sofort gesehen.» Die Schärfe in ihrem Ton war jetzt unverkennbar.

«Sie haben nicht versucht, durch das Schlüsselloch zu sehen, Miss Plenderleith?»

«Nein», erwiderte Jane Plenderleith nachdenklich. «Das kam mir überhaupt nicht in den Sinn. Aber ich hätte ja auch nichts sehen können, nicht? Es hätte ja der Schlüssel gesteckt.»

Sie sah Japp aus großen, unschuldigen Augen fragend an. Poirot musste innerlich lächeln.

«Sie haben natürlich völlig richtig gehandelt, Miss Plenderleith», erklärte Japp. «Vermutlich hatten Sie keinen Grund zu der Annahme, dass Ihre Freundin Selbstmord begangen haben könnte?»

«O nein.»

«Sie hatte keinen bedrückten oder irgendwie bekümmerten Eindruck gemacht?»

Es trat eine Pause ein – eine merkliche Pause, ehe sie antwortete.

«Nein.»

«Haben Sie gewusst, dass sie eine Pistole besaß?»

Jane Plenderleith nickte. «Ja, noch von Indien her. Sie bewahrte sie in einer Schublade in ihrem Zimmer auf.»

«Hm. Hatte sie einen Waffenschein?»

«Ich glaube schon. Genau weiß ich's nicht.»

«Ja, Miss Plenderleith, dann erzählen Sie mir jetzt bitte, was Sie von Mrs. Allen wissen, wann Sie sie kennen lernten, wo ihre Verwandten leben – einfach alles.»

Jane Plenderleith nickte.

«Ich kannte Barbara seit etwa fünf Jahren. Wir haben uns auf einer Auslandsreise kennen gelernt – in Ägypten, um genau zu sein. Sie befand sich auf der Rückreise von Indien. Ich selber war eine Weile in Athen auf der Britischen Schule gewesen und wollte, ehe ich nach Hause fuhr, noch für ein paar Wochen nach Ägypten. Wir trafen uns auf einer Schiffsreise, den Nil hinauf. Wir freundeten uns an, stellten fest, dass wir uns sympathisch waren. Ich suchte damals gerade jemanden, der mit mir eine Wohnung oder ein kleines Haus teilen würde. Barbara hatte niemand auf der Welt. Wir dachten, wir würden uns gut vertragen.»

«Und haben Sie sich gut vertragen?», fragte Poirot.

«Ausgezeichnet. Wir hatten beide unseren eigenen Freundeskreis – Barbara mehr in der feinen Gesellschaft, während meine Freunde eher aus dem Künstlermilieu stammen. Wahrscheinlich hat es gerade deswegen so gut funktioniert.»

Poirot nickte.

«Was wissen Sie von Mrs. Allens Familie und ihrem Leben, ehe sie Sie kennen lernte?», fragte Japp weiter.

Jane Plenderleith zuckte die Achseln. «Nicht sehr viel eigentlich. Ihr Mädchenname war Armitage, glaube ich.»

«Und ihr Mann?»

«Mit dem war wohl nicht viel los. Soviel ich weiß, hat er getrunken. Ist wohl schon ein oder zwei Jahre nach der Heirat gestorben. Es gab ein Kind, ein kleines Mädchen; es starb mit drei Jahren. Barbara hat nicht viel von ihrem Mann gesprochen. Ich glaube, sie hat ihn in Indien geheiratet, als sie ungefähr siebzehn war. Danach sind sie, soviel ich weiß, nach Borneo gegangen oder an irgendeinen andren gottverlassenen Fleck, wo man Leute hinschickt, die nichts taugen. Aber da Barbara das Thema offensichtlich unangenehm war, vermied ich es natürlich möglichst, darüber zu sprechen.»

«Wissen Sie, ob Mrs. Allen in finanziellen Schwierigkeiten war?»

«Nein, ganz bestimmt nicht.»

«Keine Schulden oder so etwas?»

«O nein! Solche Probleme hatte sie nicht, da bin ich ganz sicher.»

«Nun muss ich Ihnen noch eine weitere Frage stellen – ich hoffe, Sie nehmen es mir nicht übel, Miss Plenderleith. Hatte Mrs. Allen eine oder mehrere Männerbekanntschaften?»

«Na ja, sie war verlobt, falls es das ist, was Sie wissen wollen», erwiderte Jane Plenderleith kühl.

«Wie lautet der Name des Verlobten?»

«Charles Laverton-West. Er ist Abgeordneter für irgendeine Gegend in Hampshire.»

«Kannte sie ihn schon lange?»

«Etwas über ein Jahr.»

«Und seit wann war sie mit ihm verlobt?»

«Seit zwei – nein, fast drei Monaten.»

«Soviel Ihnen bekannt ist, gab es keinen Streit?»

Jane Plenderleith schüttelte den Kopf. «Nein. Es hätte mich auch gewundert. Barbara war kein streitsüchtiger Mensch.»

«Wann haben Sie Mrs. Allen zuletzt gesehen?»

«Letzten Freitag, unmittelbar ehe ich übers Wochenende wegfuhr.»

«Und Mrs. Allen blieb in der Stadt?»

«Ja. Sie wollte am Sonntag mit ihrem Verlobten ausgehen, soviel ich weiß.»

«Und Sie, wo haben Sie das Wochenende verbracht?»

«Auf ‹Laidells Hall› in Laidells, Essex.»

«Und der Name Ihres Gastgebers?»

«Mr. und Mrs. Bentinck.»

«Sie sind erst heute dort weggefahren?»

«Ja.»

«Da müssen Sie ja zeitig aufgebrochen sein.»

«Mr. Bentinck nahm mich in seinem Wagen mit. Er fährt immer schon sehr zeitig, da er um zehn in der Stadt sein muss.»

«Aha.» Japp nickte befriedigt. Miss Plenderleiths Antworten hatten alle klar und überzeugend geklungen.

Poirot dagegen hatte noch eine Frage.

«Was für eine Meinung haben Sie von Mr. Laverton-West?»

Die junge Frau zuckte die Achseln. «Tut das etwas zur Sache?»

«Zur Sache vielleicht nicht, aber ich hätte gern Ihr Urteil gehört.»

«Eigentlich habe ich mir wenig Gedanken über ihn gemacht. Er ist jung, nicht älter als ein- oder zweiunddreißig, und ehrgeizig. Dazu ein guter Redner. Er möchte Karriere machen.»

«Das ist die positive Seite – und die negative?»

«Tja.» Miss Plenderleith überlegte einen Augenblick. «Meiner Meinung nach ist er ein Allerweltstyp. Seine Ideen sind nicht sehr originell. Und er ist ein bisschen aufgeblasen.»

«Das sind keine sehr schwerwiegenden Fehler, Mademoiselle», sagte Poirot lächelnd.

«Finden Sie?» Ihr Ton war leicht ironisch.

«Vielleicht für Sie.» Er beobachtete sie und stellte fest, dass sie etwas aus der Fassung geriet. Rasch nahm er seinen Vorteil wahr. «Aber Mrs. Allen – nein, sie hat sicher nichts davon bemerkt.»

«Da haben Sie vollkommen Recht. Barbara fand ihn großartig – sie sah ihn so, wie er sich selbst sah.»

«Sie hatten Ihre Freundin gern?», fragte Poirot freundlich.

Er sah, wie sich ihre Hand auf dem Knie verkrampfte, wie sich ihr Kinn vorschob, aber sie antwortete mit unbewegter Stimme:

«Ganz recht, ich hatte sie gern.»

«Eine letzte Frage, Miss Plenderleith», sagte Japp. «Zwischen Ihnen beiden hat es keinen Streit gegeben? Keine Verstimmung?»

«Nicht die geringste.»

«Auch nicht wegen dieser Verlobung?»

«Keine Spur. Ich habe mich gefreut, dass sie so glücklich war.»

Nach kurzem Schweigen fuhr Japp fort: «Hatte Mrs. Allen, soweit Ihnen bekannt ist, irgendwelche Feinde?»

Diesmal trat eine deutliche Pause ein, ehe Jane Plenderleith antwortete.

«Ich weiß nicht recht, was Sie unter Feinden verstehen», sagte sie schließlich in etwas verändertem Ton.

«Jeden beispielsweise, der von ihrem Tod profitiert hätte.»

«Ach nein, das ist ja lächerlich. Sie hatte ohnehin nur ein sehr kleines Einkommen.»

«Und wer erbt dieses Einkommen?»

«Denken Sie, das weiß ich wirklich nicht!» Jane Plenderleiths Stimme klang leicht erstaunt. «Es würde mich gar nicht wundern, wenn ich das wäre. Vorausgesetzt, sie hat überhaupt ein Testament gemacht.»

«Und Feinde anderer Art?» Japp ging rasch zum nächsten Punkt über. «Leute, die irgendwelchen Groll gegen sie hegten?»

«Ich glaube nicht, dass irgendjemand einen Groll gegen sie hegte. Sie war ein sehr sanftmütiges Geschöpf, immer bemüht zu gefallen. Sie hatte eine wirklich reizende, liebenswerte Art.»

Ihre harte, nüchterne Stimme zitterte zum ersten Mal ein wenig. Poirot nickte leicht.

«Also, fassen wir zusammen», sagte Japp. «Mrs. Allens Stimmung war in letzter Zeit immer gut, sie hatte keine finanziellen Probleme, sie wollte demnächst heiraten und war eine glückliche Braut. Es gab keinen erdenklichen Grund, warum sie sich das Leben hätte nehmen sollen. Ist das soweit richtig?»

Nach kurzem Schweigen erwiderte Jane: «Ja.»

Japp erhob sich. «Entschuldigen Sie mich, ich muss noch kurz mit Inspektor Jameson sprechen.»

Er ging hinaus. Hercule Poirot blieb mit Jane Plenderleith allein.

3

Ein paar Minuten lang herrschte Stille. Jane Plenderleith warf erst einen schnellen, abschätzenden Blick auf den kleinen Mann, dann starrte sie vor sich hin und schwieg. Dennoch verriet eine gewisse Nervosität, dass sie sich seiner Gegenwart voll bewusst war. Ihre Körperhaltung war ruhig, aber nicht entspannt. Als Poirot das Schweigen schließlich brach, schien sie fast erleichtert zu sein. In freundlichem Gesprächston richtete er eine Frage an sie.

«Wann haben Sie das Kaminfeuer angezündet, Mademoiselle?»

«Das Feuer?», wiederholte sie zerstreut. «Oh, sobald ich heute Vormittag ankam.»

«Bevor Sie hinaufgingen oder hinterher?»

«Vorher.»

«Ich verstehe. Ja, natürlich … Und es war schon vorbereitet, oder mussten Sie erst Holz und Kohle aufschichten?»

«Es war schon vorbereitet. Ich brauchte bloß ein Streichholz dranzuhalten.»

Ihre Stimme verriet Ungeduld. Offenbar hatte sie ihn im Verdacht, höfliche Konversation mit ihr treiben zu wollen. Vielleicht war das auch tatsächlich seine Absicht. Auf jeden Fall setzte er das Gespräch in liebenswürdigem Plauderton fort.

«Bei Ihrer Freundin dagegen – in ihrem Zimmer gibt es nur einen Gaskamin, wie mir auffiel.»

«Dies hier ist der einzig richtige Kamin, den wir haben. Sonst gibt es nur Gasheizung.»

«Und Sie kochen auch mit Gas?»

«Ich glaube, das tut doch heutzutage jeder.»

«Stimmt. Es ist viel arbeitssparender.»

Die Unterhaltung verlief im Sand. Jane Plenderleith tippte ungeduldig mit dem Schuh auf den Boden. Dann sagte sie abrupt: «Dieser Mann eben, dieser Chefinspektor Japp, gilt er eigentlich als klug?»

«Er ist sehr tüchtig. Doch ja, man hält viel von ihm. Er arbeitet gründlich und gewissenhaft. Es entgeht ihm selten etwas.»

«Obwohl …», murmelte die junge Frau.

Poirot beobachtete sie. Im Schein der Flammen wirkten ihre Augen fast grün.

«Der Tod Ihrer Freundin war ein großer Schock für Sie, ja?», fragte er freundlich.

«Schrecklich», erwiderte sie mit plötzlicher Aufrichtigkeit.

«Sie haben damit nicht gerechnet?»

«Natürlich nicht!»

«So dass Sie vielleicht im ersten Augenblick meinten, das sei unmöglich, das könne nicht sein?»

Das unaufdringliche Mitgefühl in seiner Stimme

schien Jane Plenderleiths Abwehrhaltung zu durchbrechen. Sie ging in lebhaftem Ton auf seine Frage ein.

«Das ist es ja gerade! Selbst wenn Barbara sich umbrachte – ich kann mir nicht vorstellen, dass sie es auf diese Weise getan hätte.»

«Aber sie war im Besitz einer Pistole?»

Jane Plenderleith machte eine ungeduldige Handbewegung. «Schon, aber diese Pistole war nichts als ein – ein Überbleibsel aus der Vergangenheit. In den abgelegenen Nestern, wo sie gelebt hat, brauchte sie eine Waffe. Und später hat sie sie eben behalten – ohne einen besonderen Grund, aus reiner Gewohnheit. Das weiß ich genau.»

«Und warum wissen Sie das so genau?»

«Ach, wegen der Dinge, die sie gesagt hat.»

«Nämlich ...?»

Seine Stimme klang sehr milde und freundlich. Sie lockte Jane behutsam wieder aus ihrer Reserve.

«Nun, einmal zum Beispiel sprachen wir über Selbstmord, und da meinte sie, die bei weitem bequemste Methode sei, den Gashahn aufzudrehen, alle Ritzen zu verstopfen und sich einfach ins Bett zu legen. Ich sagte, das fände ich unmöglich – nur so dazuliegen und zu warten. Ich persönlich würde mich lieber erschießen. Sie sagte, nein, erschießen könnte sie sich niemals. Sie habe zu viel Angst, danebenzutreffen, und außerdem, sagte sie, graue ihr vor dem Knall!»

«Ja», murmelte Poirot gedehnt. «Sie haben Recht, es ist merkwürdig ... Zumal es ja, wie Sie mir eben bestätigten, in ihrem Zimmer Gasheizung gibt.»

Jane Plenderleith sah ihn betroffen an.

«Ja, tatsächlich … dann begreife ich nicht – nein, dann kann ich noch weniger begreifen, warum sie nicht diesen Weg gewählt hat.»

Poirot schüttelte den Kopf. «Hm, das kommt einem in der Tat merkwürdig vor – irgendwie unnatürlich.»

«Das Ganze ist doch unnatürlich! Ich kann immer noch nicht glauben, dass sie sich das Leben genommen hat. Muss es denn unbedingt Selbstmord gewesen sein?»

«Tja, es gäbe da noch eine andere Möglichkeit.»

«Was meinen Sie?»

Poirot blickte ihr voll ins Gesicht. «Vielleicht war es – Mord.»

«O nein!» Jane Plenderleith schrak zusammen. «O nein! Was für eine furchtbare Idee!»

«Furchtbar, mag sein, aber halten Sie es für unmöglich?»

«Die Tür war von innen verschlossen. Und das Fenster verriegelt.»

«Es wurde abgeschlossen – ja. Aber es gibt keinen Anhaltspunkt, ob von innen oder von außen. Denn, sehen Sie, der Schlüssel fehlt.»

«Aber – wenn er fehlt, dann …» Sie überlegte einen Augenblick. «Dann muss die Tür von außen zugeschlossen worden sein. Sonst befände sich der Schlüssel ja irgendwo im Zimmer.»

«Oh, gut möglich, dass er dort ist. Vergessen Sie nicht, man hat das Zimmer noch nicht gründlich durchsucht. Es könnte auch sein, dass er aus dem Fenster geworfen wurde und jemand ihn aufhob.»

«Mord!», wiederholte Jane Plenderleith. Ihr kluges,

dunkles Gesicht nahm einen gespannten Ausdruck an, während sie diese neue Möglichkeit erwog. «Ich glaube, Sie haben Recht.»

«Wenn es Mord war, muss es ein Motiv geben. Wissen Sie von einem solchen Motiv, Mademoiselle?»

Langsam schüttelte sie den Kopf. Dennoch wurde Poirot den Eindruck nicht los, dass Jane Plenderleith absichtlich etwas verschwieg. In diesem Augenblick öffnete sich die Tür, und Japp trat ein.

Poirot erhob sich.

«Ich habe Miss Plenderleith gerade angedeutet», sagte er, «dass es sich bei dem Tod ihrer Freundin nicht um Selbstmord handelt.»

Japp schien für einen Moment aus der Fassung zu geraten. Er warf Poirot einen vorwurfsvollen Blick zu.

«Es ist noch zu früh, um darüber abschließend zu urteilen», erklärte er. «Wir müssen immer alle Möglichkeiten in Betracht ziehen, wissen Sie. Mehr möchte ich vorläufig dazu nicht sagen.»

«Ich verstehe schon», erwiderte Jane Plenderleith ruhig.

Japp trat auf sie zu. «Übrigens, Miss Plenderleith, haben Sie dies hier schon einmal gesehen?»

Er hielt ihr seine geöffnete Hand hin, in der ein kleines ovales dunkelblaues Emailstück lag.

Jane Plenderleith schüttelte den Kopf. «Nein, noch nie.»

«Es gehört weder Ihnen noch Mrs. Allen?»

«Nein. So etwas wird gewöhnlich nicht von Angehörigen des weiblichen Geschlechts getragen, oder?»

«Ach, Sie haben erkannt, was es ist?»

«Das ist doch ziemlich klar, nicht wahr? Es ist der Teil eines Manschettenknopfs.»

4

«Diese junge Person ist mir bei weitem zu vorlaut», grollte Japp.

Die beiden Männer befanden sich wieder in Mrs. Allens Schlafzimmer. Die Leiche war inzwischen fotografiert und fortgeschafft worden, der Mann von der Spurensicherung hatte sein Werk getan und war gegangen.

«Es wäre sicherlich nicht ratsam, sie wie ein törichtes junges Ding zu behandeln», erwiderte Poirot zustimmend. «Das ist sie nämlich ganz und gar nicht. Im Gegenteil, sie ist eine außergewöhnlich kluge und tüchtige junge Frau.»

«Glauben Sie, sie war's?», fragte Japp mit einem Anflug von hoffnungsvoller Erwartung. «Möglich wäre es nämlich, wissen Sie. Wir müssen ihr Alibi überprüfen. Vielleicht ein Streit um diesen jungen Mann – diesen hoffnungsvollen Jungparlamentarier. Sie macht ihn ein bisschen zu schlecht, finde ich! Klingt irgendwie faul. Fast, als sei sie selbst scharf auf ihn, und er hätte sie abblitzen lassen. Sie ist der Typ Frau, die jeden um die Ecke bringen würde, wenn es ihr in den Kram passt, und dabei noch einen kühlen Kopf bewahren. Ja, dieses Alibi werden wir uns unter die Lupe nehmen müssen. Sie hatte es auffallend schnell parat, und im Übrigen ist Essex nicht sehr weit entfernt. Es gibt eine Menge Züge. Oder ein schnelles Auto. Es würde sich lohnen herauszufinden, ob sie zum Beispiel gestern Abend frühzeitig mit Kopfschmerzen zu Bett gegangen ist.»

«Sie haben Recht», pflichtete Poirot ihm bei.

«Auf jeden Fall», fuhr Japp fort, «verschweigt sie uns etwas, wie? Haben Sie nicht auch das Gefühl? Die junge Frau weiß etwas.»

Poirot nickte nachdenklich. «Ja, es war deutlich zu erkennen.»

«Das ist das Problem bei solchen Fällen», klagte Japp. «Die Leute müssen immer etwas verschweigen – manchmal aus den ehrenhaftesten Motiven.»

«Was man ihnen kaum verübeln kann, mein Freund.»

«Nein, aber es macht alles so viel schwerer», brummte Japp.

«Es bringt lediglich Ihren Scharfsinn auf die vorteilhafteste Weise zur Geltung», tröstete ihn Poirot. «Wie steht es übrigens mit Fingerabdrücken?»

«Also, es handelt sich zweifellos um Mord. Keine Abdrücke auf der Pistole. Wurde sauber abgewischt, ehe man sie der Frau in die Hand legte. Selbst wenn sie es mit irgendwelchen akrobatischen Verrenkungen geschafft hätte, den Arm um den Kopf zu schlingen, hätte sie kaum abdrücken können, ohne die Waffe festzuhalten, und abwischen konnte sie sie auch nicht mehr, weil sie tot war.»

«Ja, es weist alles auf Fremdeinwirkung hin.»

«Abgesehen davon ist das Ergebnis der Fingerabdrücke enttäuschend. Keine auf der Türklinke. Keine am Fenster. Aufschlussreich, wie? Dafür überall sonst Abdrücke von Mrs. Allen.»

«Hat Jameson irgendetwas erfahren?»

«Von der Putzfrau? Nein. Sie hat geredet wie ein Buch, aber im Grund nicht viel gewusst. Immerhin bestätigte sie, dass die Allen und die Plenderleith gut miteinander standen. Ich habe Jameson losgeschickt, damit er in der Nachbarschaft Erkundigungen einzieht. Und mit diesem Mr. Laverton-West werden wir uns auch noch unterhalten. Es muss festgestellt werden, wo er gestern Abend war und was er getan hat. Inzwischen wollen wir mal ihre Papiere durchgehen.»

Er machte sich sofort an die Arbeit. Ab und zu brummte er und schob Poirot etwas zu. Die Suche dauerte nicht lang. Es befanden sich nur wenige Papiere im Schreibtisch, und diese wenigen waren säuberlich geordnet und abgeheftet.

Schließlich lehnte Japp sich seufzend zurück.

«Nicht gerade üppig, was?»

«Sie sagen es.»

«Das meiste ist alltäglicher Kram – quittierte Rechnungen, ein paar noch nicht bezahlte Rechnungen – nichts Auffälliges. Gesellschaftlicher Kram – Einladungen. Mitteilungen von Freunden. Das hier –» Er legte die Hand auf einen Stoß von sieben oder acht Briefen. «Und ihr Scheckbuch und ihr Pass. Fällt Ihnen irgendetwas auf?»

«Ja, sie hatte ihr Konto überzogen.»

«Sonst noch etwas?»

Poirot lächelte.

«Ist es ein Examen, das Sie mit mir anstellen? Aber gewiss doch, ich habe sehr wohl bemerkt, was Sie meinen. Zweihundert Pfund Barauszahlung vor drei Monaten – und weitere zweihundert Pfund gestern …»

«Und kein Vermerk über den Verwendungszweck im Scheckbuch. Auch keine sonstigen Barauszahlungen bis auf kleine Beträge – fünfzehn Pfund im Höchstfall. Und ich sage Ihnen noch eines – es lässt sich im ganzen Haus keine solche Summe finden. Vier Pfund zehn in einer Handtasche und noch ein paar Shilling in einer anderen Tasche, das ist alles. Der Fall liegt ziemlich klar, finde ich.»

«Sie meinen, sie hat die Summe gestern jemand bezahlt.»

«Ja. Es fragt sich nun, wem!»

Die Tür ging auf, und Inspektor Jameson trat ein.

«Na, Jameson, haben Sie etwas erfahren?»

«Ja, Sir, einiges. Zunächst einmal hat tatsächlich niemand den Schuss gehört. Zwei oder drei Frauen behaupten, sie hätten ihn gehört, weil sie ihn gehört haben wollen – aber das ist reine Einbildung. Bei dem Feuerwerk gestern Abend war das völlig unmöglich.»

Japp brummte. «Vermutlich. Und weiter.»

«Mrs. Allen war gestern fast den ganzen Nachmittag und Abend zu Hause. Sie kam gegen fünf und ging gegen sechs noch einmal aus dem Haus, aber nur bis zum Briefkasten am Ende der Straße. Etwa um neun Uhr dreißig fuhr ein Wagen vor – eine Standard Swallow Limousine –, und ein Mann stieg aus. Personenbeschreibung: etwa fünfundvierzig Jahre alt, gute Figur, militärische Erscheinung, dunkelblauer Überzieher, Bowler, Schnurrbart. Der Chauffeuer James Hogg von Nummer achtzehn sagt aus, er habe den Mann schon früher einmal gesehen, als er Mrs. Allen besuchte.»

«Fünfundvierzig», wiederholte Japp. «Dann handelte es sich wohl kaum um Laverton-West.»

«Der Betreffende blieb eine knappe Stunde. Er verließ das Haus gegen zehn Uhr zwanzig. In der Haustür blieb er stehen und sprach mit Mrs. Allen. Der kleine Frederick Hogg stand zufällig ganz in der Nähe und hörte, was er sagte.»

«Und was sagte er?»

«‹Na, überlegen Sie es sich und geben Sie mir Bescheid.› Und dann sagte sie etwas, und er antwortete: ‹Also gut. Auf Wiedersehen.› Danach stieg er in seinen Wagen und fuhr weg.»

«Das war um zehn Uhr zwanzig», bemerkte Poirot nachdenklich.

Japp rieb sich die Nase. «Dann war Mrs. Allen um zehn Uhr zwanzig also noch am Leben. Was weiter?»

«Nicht mehr viel, Sir, soweit ich in Erfahrung bringen konnte. Der Chauffeur von Nummer zweiundzwanzig kam um halb elf nach Hause. Er hatte seinen Kindern versprochen, noch ein paar Raketen steigen zu lassen. Sie hatten daher auf ihn gewartet – und alle anderen Kinder in der Straße ebenfalls. Er ließ die Dinger los, und die ganze Nachbarschaft sah ihm zu. Anschließend gingen alle zu Bett.»

«Und man hat nicht beobachtet, ob noch jemand anders das Haus Nummer vierzehn betrat?»

«Nein – aber das heißt nicht, dass nicht doch jemand hineinging. Niemand hätte es bemerkt.»

«Hm», brummte Japp. «Das ist richtig. Tja, wir werden diesen militärisch aussehenden Mann mit Schnurrbart ausfindig machen müssen. Es scheint mir ziemlich sicher, dass er der letzte Mensch war, der Mrs. Allen lebend sah. Wer kann es gewesen sein?»

«Vielleicht wird uns Miss Plenderleith Auskunft geben können», meinte Poirot.

«Vielleicht», wiederholte Japp düster. «Vielleicht aber auch nicht. Ich bezweifle nicht, dass sie uns eine Menge erzählen könnte, wenn sie wollte. Wie steht es mit Ihnen, Poirot, alter Knabe? Sie waren eine Weile mit ihr allein. Haben Sie ihr nicht Ihre Beichtvaternummer vorgeführt, mit der Sie manchmal so viel Erfolg haben?»

Poirot spreizte die Hände. «Ach nein, wir haben nur über Gaskamine geplaudert.»

«Gaskamine – Gaskamine», wiederholte Japp ärgerlich. «Was ist los mit Ihnen, alter Knabe? Seit Sie hier sind, haben Sie sich für nichts anderes interessiert als für Gänsekiele und Papierkörbe. O ja, ich habe sehr wohl bemerkt, wie Sie in aller Stille den hier unten untersucht haben. War etwas drin?»

Poirot seufzte. «Ein Tulpenzwiebelkatalog und eine alte Illustrierte.»

«Was soll das Ganze überhaupt? Wenn jemand ein belastendes Dokument oder wonach Sie sonst suchen, loswerden will, wird er es kaum in einen Papierkorb werfen.»

«Das ist sehr wahr, was Sie da sagen. Nur etwas ziemlich Unwichtiges würde man auf diese Weise wegwerfen.»

Poirots Stimme klang freundlich und bescheiden. Dennoch sah Japp ihn misstrauisch an.

«Na schön», knurrte er. «Ich weiß jedenfalls, was ich als nächstes tun werde. Und Sie?»

«Eh bien», erwiderte Poirot. «Ich werde meine Suche nach dem Unwichtigen fortsetzen. Es gibt noch die Mülltonne.»

Er spazierte mit lebhaften Schritten aus dem Zimmer. Japp starrte ihm ärgerlich nach.

«Verrückt», murmelte er. «Völlig verrückt.»

Inspektor Jameson bewahrte ein respektvolles Schweigen. Aber seine Miene verkündete mit britischem Überlegenheitsgefühl: Diese Ausländer!

«Das ist also Monsieur Hercule Poirot!», sagte er schließlich. «Ich habe schon von ihm gehört.»

«Ein alter Freund von mir», erklärte Japp. «Nicht halb so verdreht, wie er aussieht, nebenbei bemerkt. Trotzdem, er lässt allmählich nach.»

«Ein bisschen gaga, wie man zu sagen pflegt, Sir», ergänzte Inspektor Jameson. «Nun ja, das macht das Alter.»

«Trotzdem wüsste ich zu gern, worauf er eigentlich hinauswill.»

Japp ging hinüber zum Schreibtisch und starrte unbehaglich auf den grünen Gänsekiel.

5

Japp hatte gerade die dritte Chauffeursfrau in ein Gespräch verwickelt, als Poirot plötzlich leise wie eine Katze neben ihm auftauchte.

«Puh, haben Sie mich erschreckt», rief Japp. «Etwas gefunden?»

«Nicht das, wonach ich gesucht habe.»

Japp wandte sich wieder Mrs. Hogg zu.

«Und Sie sagen, Sie haben den Mann schon früher einmal gesehen?»

«O ja, Sir. Und mein Mann auch. Wir haben ihn sofort erkannt.»

«Hören Sie, Mrs. Hogg. Sie sind eine kluge Frau, das merkt man gleich. Sicherlich wissen Sie über alle Leute hier in der Nachbarschaft genau Bescheid. Und Sie sind eine gute Menschenkennerin – eine ungewöhnlich gute Menschenkennerin, das sehe ich auf den ersten Blick...» Ohne rot zu werden wiederholte er diese Bemerkung ein drittes Mal. Mrs. Hogg warf sich in die Brust und machte ein fast übermenschlich intelligentes Gesicht. «Erzählen Sie mir doch ein bisschen von diesen zwei jungen Frauen – Mrs. Allen und Miss Plenderleith. Wie waren sie? Lustig? Viele Partys und so – Sie wissen schon?»

«O nein, Sir, absolut nicht. Sie sind viel ausgegangen – Mrs. Allen vor allem –, aber die beiden, sie waren was Besseres, wenn Sie wissen, was ich meine. Nicht so wie gewisse andere Personen hier in der Nachbarschaft, die ich Ihnen nennen könnte. Diese Mrs. Stevens zum Beispiel, ich bin sicher, so wie sie sich aufführt... wenn sie überhaupt verheiratet ist, was ich sehr bezweifle... Also, ich möchte Ihnen gar nicht schildern, wie's bei der zugeht...»

«Da haben Sie völlig Recht», unterbrach Japp gewandt ihren Wortschwall. «Es ist sehr wichtig, was Sie mir da eben gesagt haben, Mrs. Allen und Miss Plenderleith waren also ziemlich beliebt?»

«O ja, Sir, nette Damen alle beide – vor allem Mrs. Allen. Immer ein freundliches Wort zu den Kindern. Ihre eigene Kleine ist gestorben, glaube ich. Die Ärmste. Na ja, ich habe selber drei begraben und sage immer...»

«Ja, sehr betrüblich. Und Miss Plenderleith?»

«Also, die war natürlich auch nett, aber eben viel zugeknöpfter, wenn Sie verstehen, was ich meine. Ein kurzes Kopfnicken im Vorbeigehen, das war alles. Dass sie mal eben stehen geblieben wäre und mit einem geredet hätte, das gibt es bei ihr nicht. Aber ich habe nichts gegen sie – absolut nichts.»

«Mrs. Allen und sie kamen gut zusammen aus?»

«O ja, Sir. Nie ein böses Wort. Sie waren sehr glücklich und zufrieden, Mrs. Pierce wird es Ihnen bestimmt bestätigen.»

«Ja, wir haben schon mit ihr gesprochen. Kennen Sie übrigens Mrs. Allens Verlobten?»

«Den Gentleman, den sie heiraten wollte? Natürlich! Er war oft hier. Ein Abgeordneter, wie es heißt.»

«Und der Besucher von gestern Abend, das war er nicht?»

«Nein, Sir, bestimmt nicht.» Mrs. Hogg straffte sich. Ihre Stimme nahm einen Ton tugendhafter Entrüstung an, hinter dem sich neugierige Spannung verbarg. «Und wenn Sie mich fragen, Sir, was Sie denken, ist völlig falsch. So eine war Mrs. Allen nicht! Da bin ich ganz sicher. Natürlich, es war niemand sonst im Haus, aber so was glaube ich nicht von ihr – erst heute Morgen habe ich zu meinem Mann gesagt: ‹Nein, Hogg›, habe ich gesagt, ‹Mrs. Allen war eine Dame – eine richtige Dame –, also behaupte nicht solche Sachen.› Man weiß ja, was Männer immer gleich denken, Sie entschuldigen schon. Die mit ihrer schmutzigen Phantasie!»

Ohne auf diese beleidigende Bemerkung einzugehen, fuhr Japp mit seinem Verhör fort.

«Sie haben also beobachtet, wie er kam und wie er wieder ging – das stimmt doch, nicht wahr?»

«Das stimmt, Sir.»

«Und Sie haben nichts gehört? Keinen Wortwechsel oder etwas Ähnliches?»

«Nein, Sir, wie denn auch? Das soll nicht heißen, dass man so was nicht mitkriegen würde – im Gegenteil. Zum Beispiel, wie diese Mrs. Stevens drüben mit ihrem armen, verschüchterten Mädchen herumschimpft, das weiß die ganze Nachbarschaft. Und wir haben alle schon gesagt, sie soll sich das nicht gefallen lassen, aber, na ja, das Gehalt ist gut ... Sie ist zwar ein Teufel, aber sie zahlt ordentlich – dreißig Shilling die Woche ...»

«Aber aus Nummer vierzehn haben Sie nichts gehört?», fragte Japp rasch dazwischen.

«Nein, Sir. Wie denn auch, wo an allen Ecken und Enden die Feuerwerkskörper geknallt haben und mein Eddie sich um ein Haar die Augenbrauen versengt hätte ...»

«Der Mann ging um zehn Uhr zwanzig – stimmt das?»

«Schon möglich, Sir. Ich selber kann mich nicht genau erinnern, aber Hogg behauptet es, und der ist da sehr genau, auf den kann man sich verlassen.»

«Sie haben gesehen, wie er das Haus verließ. Haben Sie zufällig gehört, was er sagte?»

«Nein, Sir. Dafür stand ich nicht nahe genug. Ich habe bloß vom Fenster aus beobachtet, wie er in der Tür mit Mrs. Allen sprach.»

«Haben Sie sie auch gesehen?»

«Ja, Sir, sie stand direkt hinter der Tür.»

«Fiel Ihnen zufällig auf, was sie anhatte?»

«Also, das weiß ich wirklich nicht, Sir. Darauf habe ich nicht geachtet.»

«Ihnen ist nicht aufgefallen, ob sie ein Tageskleid oder ein Abendkleid trug?», fragte Poirot.

«Nein, Sir, kann ich nicht behaupten.»

Poirot blickte nachdenklich zu dem Fenster über ihnen und von dort zum Haus Nummer vierzehn gegenüber. Er lächelte, und sein Blick traf sich für den Bruchteil einer Sekunde mit dem von Japp.

«Und der Herr?»

«Er trug einen dunkelblauen Überzieher und einen Bowler. Sehr schick und vornehm.»

Japp stellte ein paar weitere Fragen und nahm dann sein nächstes Interview in Angriff. Dieses fand mit dem jungen Frederick Hogg statt, einem aufgeweckten helläugigen Bürschchen, das sich im Gefühl seiner eigenen Wichtigkeit sonnte.

«Ja, Sir, ich habe ihn reden hören. ‹Überlegen Sie sich's und geben Sie mir Bescheid›, hat er gesagt. So ganz freundlich, wissen Sie. Und dann hat sie was gesagt, und er hat geantwortet: ‹Also gut. Auf Wiedersehen.› Und dann ist er in seinen Wagen gestiegen – ich habe ihm die Tür aufgehalten, aber er hat mir nichts gegeben», fügte Frederick mit leicht betrübter Stimme hinzu. «Und dann ist er weggefahren.»

«Du hast nicht gehört, was Mrs. Allen sagte?»

«Nein, Sir, leider nicht.»

«Kannst du mir erzählen, was sie anhatte? Was für eine Farbe hatte zum Beispiel ihr Kleid?»

«Keine Ahnung, Sir. Wissen Sie, ich habe sie ja nicht direkt gesehen. Sie muss hinter der Tür gestanden sein.»

«Aha», sagte Japp. «Nun, mein Junge, ich möchte, dass du dir die Antwort auf meine nächste Frage sehr sorgfältig überlegst. Wenn du es nicht weißt oder dich nicht mehr erinnern kannst, dann sag das bitte ganz ehrlich. Einverstanden?»

«Ja, Sir.» Frederick sah ihn gespannt an.

«Wer von den beiden hat die Tür zugemacht, Mrs. Allen oder der Gentleman?»

Der Junge überlegte mit vor Anstrengung zusammengekniffenen Augen.

«Die Dame, glaube ich – nein, ist nicht wahr! Er war's! Er hat die Tür zugezogen, richtiggehend zugeknallt hat er sie, und dann ist er gleich ins Auto gesprungen. Anscheinend hatte er es eilig.»

«So, so. Nun, junger Mann, du scheinst mir ein guter Beobachter zu sein. Hier sind Sixpence für dich.»

Japp entließ den jungen Hogg und wandte sich seinem Freund zu. Wie auf Kommando nickten beide bedächtig.

«Könnte sein!», sagte Japp.

«Möglich wäre es», pflichtete Poirot ihm bei.

Seine Augen schimmerten grün wie die einer Katze.

6

Nach seiner Rückkehr ins Wohnzimmer von Nummer vierzehn vergeudete Japp keine Zeit mit langen Vorreden. Er kam direkt zur Sache.

«Hören Sie, Miss Plenderleith, halten Sie es nicht für besser, uns reinen Wein einzuschenken? Am Ende kommt doch alles heraus.»

Jane Plenderleith zog die Augenbrauen in die Höhe.

Sie stand neben dem Kamin und wärmte sich den einen Fuß am Feuer. «Ich weiß wirklich nicht, was Sie meinen.»

«Sagen Sie da ganz die Wahrheit, Miss Plenderleith?»

Sie zuckte die Achseln. «Ich habe Ihre Fragen alle beantwortet. Ich weiß nicht, was ich noch tun könnte.»

«Nun, meiner Meinung nach könnten Sie eine ganze Menge tun – wenn Sie wollten.»

«Aber mehr als eine Meinung ist es nicht, nicht wahr, Chefinspektor?»

Japps Gesicht lief rot an.

«Ich glaube», sagte Poirot rasch, «Mademoiselle würde den Grund für Ihre Fragen besser zu würdigen wissen, wenn Sie ihr klipp und klar sagten, wie der bisherige Tatbestand aussieht.»

«Das ist sehr einfach. Also gut, Miss Plenderleith, die Sache verhält sich folgendermaßen. Man hat Ihre Freundin tot aufgefunden, mit einer Schusswunde im Kopf und einer Pistole in der Hand. Tür und Fenster waren fest verschlossen. Dem Anschein nach also ein klarer Fall von Selbstmord. Aber es war kein Selbstmord. Das beweist allein schon der Befund des medizinischen Sachverständigen.»

«Inwiefern?»

Ihre kühle Ironie war wie weggeblasen. Sie beugte sich vor, ihre Augen ruhten mit gespannter Aufmerksamkeit auf seinem Gesicht.

«Die Pistole lag in ihrer Hand – aber ihre Finger hielten sie nicht fest. Außerdem befanden sich keine Fingerabdrücke auf der Waffe. Und der Einschusswinkel macht es unmöglich, dass sie sich die Wunde selbst zugefügt hat. Obendrein hat sie keinen Abschiedsbrief hinterlassen –

bei einem Selbstmord recht ungewöhnlich. Und obwohl die Tür verschlossen war, hat man den Schlüssel nicht gefunden.»

Jane Plenderleith drehte sich langsam um und nahm den beiden Männern gegenüber in einem Sessel Platz.

«So ist das also!», sagte sie. «Irgendwie hatte ich von Anfang an das Gefühl, dass es einfach unmöglich ist, dass sie sich das Leben genommen haben kann! Und ich hatte Recht! Sie hat sich nicht umgebracht. Ein anderer hat es getan!»

Ein paar Minuten lang schwieg sie, in ihre Gedanken versunken. Dann schüttelte sie heftig den Kopf.

«Stellen Sie mir so viele Fragen, wie Sie wollen. Ich werde sie nach bestem Vermögen beantworten.»

«Gestern Abend hatte Mrs. Allen einen Besucher», begann Japp. «Er wird beschrieben als ein Mann von etwa fünfundvierzig, militärische Erscheinung, Schnurrbart, gut gekleidet. Er fuhr eine Limousine des Typs Standard Swallow. Wissen Sie, wer das ist?»

«Ich kann es natürlich nicht mit Bestimmtheit sagen, aber es hört sich an wie Major Eustace.»

«Wer ist Major Eustace? Erzählen Sie uns alles, was Sie von ihm wissen.»

«Er ist ein Mann, den Barbara vom Ausland – von Indien her kannte. Vor ungefähr einem Jahr tauchte er hier auf, und seitdem haben wir ihn ab und zu gesehen.»

«Er war ein Freund von Mrs. Allen?»

«Er tat zumindest so», erwiderte Jane trocken.

«Wie war Mrs. Allens Einstellung ihm gegenüber?»

«Ich glaube, im Grunde mochte sie ihn nicht – das heißt, ich bin davon überzeugt.»

«Aber sie behandelte ihn nach außenhin freundlich?»

«Ja.»

«Kam es Ihnen je so vor – überlegen Sie genau, Miss Plenderleith –, als ob sie Angst vor ihm hätte?»

Jane Plenderleith grübelte eine Weile darüber nach. Dann erwiderte sie: «Doch – ich glaube, ja. Sie war in seiner Nähe immer nervös.»

«Sind er und Mr. Laverton-West sich je begegnet?»

«Nur einmal, glaube ich. Sie waren sich nicht besonders sympathisch. Das heißt, Major Eustace gab sich die größte Mühe, liebenswürdig zu sein, aber Charles ließ ihn abblitzen. Charles hat eine sehr gute Nase für Leute, die nicht so ganz – so ganz gesellschaftsfähig sind.»

«Und Major Eustace war nicht so ganz gesellschaftsfähig, wie Sie das nennen?», fragte Poirot.

«Nein. Ein ziemlicher Flegel. Bestimmt nicht aus guter Familie.»

«Meinen Sie damit, dass er kein echter *Pukka Sahib* war?»

Ein flüchtiges Lächeln huschte über Jane Plenderleiths Gesicht, doch sie erwiderte ernst: «Ja.»

«Würde die Vermutung Sie sehr überraschen, Miss Plenderleith, dass dieser Mann Mrs. Allen erpresst hat?»

Japp beugte sich vor, um den Eindruck seiner Worte besser beobachten zu können.

Er hatte Erfolg. Die junge Frau zuckte zusammen. Das Blut stieg ihr in die Wangen. Sie schlug mit der Hand hart auf die Armlehne ihres Sessels.

«Das war es also! Wie dumm von mir, dass ich das nicht erraten habe. Natürlich!»

«Sie halten diese Möglichkeit für denkbar, Mademoiselle?», fragte Poirot.

«Es war dumm von mir, dass ich nicht selbst darauf gekommen bin! Barbara hat sich in den letzten Monaten mehrmals kleinere Beträge von mir geborgt. Und ich habe öfter gesehen, wie sie über ihren Kontoauszügen brütete. Ich wusste, dass ihre Einkünfte bequem für ihr tägliches Leben reichten, deshalb kümmerte ich mich nicht weiter darum, aber wenn sie natürlich größere Summen zahlen musste...»

«Und es würde auch zu ihrem allgemeinen Verhalten passen, ja?», fragte Poirot.

«Absolut. Sie war nervös. Richtig fahrig manchmal. Ganz anders als sonst.»

«Verzeihen Sie», entgegnete Poirot gelassen, «aber das ist nicht ganz dasselbe, was Sie uns vorhin erzählten.»

«Das war etwas anderes.» Jane Plenderleith machte eine ungeduldige Handbewegung. «Sie war nicht deprimiert. Ich meine, sie hatte keine Selbstmordgedanken oder so. Aber Erpressung – ja. Ich wünschte nur, sie hätte mir etwas gesagt. Ich hätte ihn zum Teufel gejagt.»

«Aber vielleicht wäre er nicht zum Teufel, sondern stattdessen zu Mr. Charles Laverton-West gegangen», wandte Poirot ein.

«Ja», sagte Jane Plenderleith langsam. «Ja... das ist wahr...»

«Sie haben keine Ahnung, was dieser Mann gegen Mrs. Allen in der Hand hatte?», fragte Japp.

Die junge Frau schüttelte den Kopf. «Nein. So wie ich Barbara kannte, glaube ich nicht, dass es etwas wirklich Schwerwiegendes gewesen ist. Andererseits...» Sie stockte und fuhr dann fort: «Was ich sagen will – Barbara war in mancher Beziehung ein bisschen naiv. Sie ließ sich sehr leicht einschüchtern. Vom Typ her das ideale Opfer für einen Erpresser! Dieses widerliche Schwein!»

Aus den letzten drei Worten klang tiefe Erbitterung.

«Leider», sagte Poirot, «scheint das Verbrechen verkehrt herum stattgefunden zu haben. Gewöhnlich ist es das Opfer, das den Erpresser umbringt, nicht der Erpresser sein Opfer.»

Jane Plenderleith runzelte leicht die Stirn. «Ja – das ist richtig. Aber ich könnte mir gewisse Umstände vorstellen ...»

«Nämlich?»

«Nehmen wir einmal an, Barbara hat aus Verzweiflung den Kopf verloren. Vielleicht bedrohte sie ihn mit ihrer albernen kleinen Pistole. Er wollte sie ihr aus der Hand winden, und während des Kampfes drückte er ab und tötete sie. Entsetzt über das, was er angerichtet hatte, versuchte er dann, einen Selbstmord vorzutäuschen.»

«Möglich», erklärte Japp. «Aber da gibt es einen Haken.»

Sie sah ihn forschend an.

«Major Eustace – unterstellt, dass er es war – hat gestern Abend das Haus um zwanzig Minuten nach zehn verlassen und sich in der Tür von Mrs. Allen verabschiedet.»

«Ach», sagte Jane Plenderleith betroffen. «Ich verstehe.» Sie überlegte kurz. «Vielleicht ist er später noch einmal zurückgekommen.»

«Ja, das ist möglich», bestätigte Poirot.

«Sagen Sie, Miss Plenderleith», fragte Japp, «wo hat

Mrs. Allen gewöhnlich ihre Gäste empfangen, hier oder in ihrem Zimmer?»

«Sowohl als auch. Der Raum hier wurde für unsere gemeinsamen Einladungen oder für meine eigenen Freunde benutzt. Sehen Sie, wir hatten abgemacht, dass Barbara das große Schlafzimmer bekam und es gleichzeitig auch als Salon benutzte, und ich hatte das kleine Schlafzimmer und benutzte dazu diesen Raum.»

«Falls Major Eustace seinen Besuch gestern Abend angekündigt hatte, wo, glauben Sie, hätte Mrs. Allen ihn empfangen?»

«Wahrscheinlich hier, würde ich meinen.» Ihre Stimme klang etwas zweifelnd. «Es wäre weniger intim gewesen. Andererseits – wenn sie ihm einen Scheck ausschreiben wollte oder so etwas, hätte sie ihn vermutlich mit nach oben genommen. Hier unten gibt es kein Schreibmaterial.»

Japp schüttelte den Kopf. «Für einen Scheck bestand keine Notwendigkeit. Mrs. Allen hat gestern zweihundert Pfund in bar von ihrem Konto abgehoben. Und bisher haben wir nirgends im Haus eine Spur von dem Geld entdecken können.»

«Und sie hat es diesem Schuft gegeben? Oh, arme Barbara! Arme, arme Barbara!»

Poirot hüstelte. «Falls es sich nicht mehr oder weniger um einen Unfall handelt, wie Sie vermuten, erscheint es mir doch bemerkenswert, dass er eine offenbar regelmäßige Einnahmequelle zum Versiegen brachte.»

«Wieso Unfall? Das war kein Unfall! Er verlor die Beherrschung, sah rot und erschoss sie.»

«Sie glauben, so ist es passiert?»

«Ja.» In heftigem Ton fügte sie hinzu: «Es war Mord – Mord!»

«Da möchte ich Ihnen nicht widersprechen, Mademoiselle», sagte Poirot ernst.

«Was für eine Zigarettensorte hat Mrs. Allen geraucht?», fragte Japp.

«Gaspers. Dort in dem Kästchen sind welche.»

Japp öffnete das Kästchen, nahm eine Zigarette heraus, nickte und steckte sie in die Tasche.

«Und Sie, Mademoiselle?», erkundigte sich Poirot.

«Die gleichen.»

«Sie rauchen keine türkischen Zigaretten?»

«Nie.»

«Und Mrs. Allen auch nicht?»

«Nein. Sie mochte sie nicht.»

«Und Mr. Laverton-West? Was hat er geraucht?»

Sie starrte Poirot an. «Charles? Was spielt das für eine Rolle? Sie wollen doch nicht behaupten, er hätte sie umgebracht?»

Poirot zuckte die Achseln. «Es hat schon mancher Mann die Frau getötet, die er liebte, Mademoiselle.»

Jane schüttelte ungeduldig den Kopf.

«Charles würde nie jemand umbringen. Er ist ein sehr vorsichtiger Mann.»

«Trotzdem, Mademoiselle, sind es gerade die vorsichtigen Männer, die die raffinierten Morde begehen.»

Wieder musterte sie ihn prüfend.

«Aber nicht aus dem Motiv, das Sie soeben erwähnt haben, Monsieur Poirot.»

Er neigte den Kopf. «Ja, das ist wahr.»

Japp stand auf.

«Nun, ich glaube, ich kann hier nicht mehr viel tun. Ich würde mich gern noch einmal im Haus umsehen.»

«Ob das Geld nicht doch irgendwo versteckt ist? Selbstverständlich. Suchen Sie ruhig überall, wo Sie wollen. Auch in meinem Zimmer – obwohl es unwahrscheinlich ist, dass Barbara es dort versteckt haben würde.»

Japps Suche war kurz, aber gründlich. Das Wohnzimmer hatte in wenigen Minuten all seine Geheimnisse preisgegeben. Dann begab sich Japp nach oben. Jane Plenderleith hockte auf der Armlehne eines Sessels. Sie rauchte eine Zigarette und blickte mit gerunzelter Stirn ins Feuer. Poirot beobachtete sie.

Nach einigen Minuten sagte er ruhig: «Wissen Sie, ob Mr. Laverton-West sich zur Zeit in London aufhält?»

«Ich habe keine Ahnung. Vermutlich ist er bei seiner Familie in Hampshire. Eigentlich hätte ich ihm gleich telegrafieren sollen. Wie schrecklich! Das habe ich ganz vergessen.»

«Es ist nicht leicht, an alles zu denken, Mademoiselle, wenn eine Katastrophe geschieht. Und schließlich, schlechte Nachrichten haben keine Eile. Man erfährt sie noch früh genug.»

«Ja, das ist wahr», erwiderte Jane zerstreut.

Japps Schritte kamen die Treppe herunter. Jane Plenderleith ging zu ihm hinaus.

«Nun?»

Japp schüttelte den Kopf. «Leider nichts, was uns weiterhilft, Miss Plenderleith. Ich habe jetzt das ganze Haus durchsucht. Ach, da fällt mir ein, ich will noch rasch einen Blick in den Wandschrank hier unter der Treppe werfen.»

Mit diesen Worten packte er den Türgriff und zog.

«Da ist abgeschlossen», sagte Jane Plenderleith rasch.

Etwas in ihrem Ton veranlasste die beiden Männer, zu ihr hinzublicken.

«Ja», antwortete Japp freundlich. «Das merke ich. Vielleicht könnten Sie den Schlüssel holen?»

Die junge Frau stand da wie versteinert.

«Ich – ich weiß nicht genau, wo er ist.»

Japp warf ihr einen raschen Blick zu. Sein Ton blieb unverändert freundlich und gelassen.

«Ach, wie ärgerlich. Ich möchte nicht gern das Holz beschädigen, wenn ich die Tür aufbreche. Ich werde Jameson losschicken, damit er uns einen Satz Schlüssel holt.»

Jane Plenderleith trat steif einen Schritt vor.

«Oh!», rief sie, «einen Augenblick. Vielleicht ...»

Sie verschwand im Wohnzimmer und kehrte einen Moment später mit einem Schlüssel von beträchtlicher Größe zurück.

«Wir schließen den Schrank immer ab», erklärte sie, «weil sonst ständig Schirme und ähnliche Dinge verschwinden.»

«Eine sehr weise Vorsichtsmaßregel», sagte Japp, während er fröhlich den Schlüssel in Empfang nahm.

Er drehte ihn im Schloss und stieß die Tür auf. Drinnen war es dunkel. Japp holte seine Taschenlampe hervor und ließ den Strahl durch das Schrankinnere wandern.

Poirot spürte, wie die junge Frau neben ihm zusammenzuckte und eine Sekunde lang den Atem anhielt. Seine Augen folgten dem Lichtstrahl von Japps Lampe.

Es war nicht sehr viel in dem Schrank. Drei Schirme –

einer davon kaputt –, vier Spazierstöcke, ein Satz Golfschläger, zwei Tennisschläger, eine sauber zusammengefaltete Wolldecke sowie etliche in unterschiedlichen Stadien der Auflösung begriffene Sofakissen. Obenauf ruhte ein elegantes Köfferchen.

Als Japp die Hand danach ausstreckte, rief Jane Plenderleith schnell: «Das ist meiner. Ich – ich habe ihn heute Morgen mit zurückgebracht. Es kann also nichts Wichtiges drin sein.»

«Sehen wir vorsichtshalber lieber nach.» Japps Stimme wurde noch um einen Ton liebenswürdiger.

Das Köfferchen war unverschlossen. Seine Innenausstattung bestand aus mit Chagrinleder bezogenen Bürsten und Toilettenflakons. Außerdem enthielt es noch zwei Illustrierte, das war alles.

Japp untersuchte den Inhalt mit peinlicher Genauigkeit. Als er schließlich den Deckel zuklappte und eine oberflächliche Untersuchung der Kissen in Angriff nahm, stieß die junge Frau einen hörbaren Seufzer der Erleichterung aus.

Der Wandschrank enthielt keine verborgenen Winkel. Japps Durchsuchung war also rasch beendet.

Er schloss die Tür wieder ab und gab Jane Plenderleith den Schlüssel zurück.

«So», sagte er. «Damit sind wir hier fertig. Können Sie mir die Adresse von Mr. Laverton-West geben?»

«‹Farlescombe Hall›, Little Ledbury, Hampshire.»

«Herzlichen Dank, Miss Plenderleith. Das wäre vorläufig alles. Übrigens, am besten schweigen Sie über das Ganze. Belassen Sie es den Leuten gegenüber beim Selbstmord.»

«Natürlich. Ich verstehe sehr gut.»

Sie gab beiden Männern die Hand.

Als sie die Straße hinuntergingen, explodierte Japp. «Was, zum Donnerwetter, war in diesem Schrank? Bestimmt war da noch etwas.»

«Ja, da war etwas.»

«Und ich wette mit Ihnen zehn zu eins, dass es etwas mit diesem Köfferchen zu tun hat! Aber ich muss ein ausgemachter Dummkopf sein, denn ich konnte einfach nichts finden. Alle Flaschen habe ich untersucht, das Futter habe ich abgetastet – was zum Teufel könnte es sein?»

Poirot schüttelte nachdenklich den Kopf.

«Diese Person ist irgendwie in die Geschichte verwickelt», fuhr Japp fort. «Den Koffer hat sie heute Morgen mitgebracht, behauptet sie. Nie im Leben! Haben Sie bemerkt, dass zwei Illustrierte drin lagen?»

«Ja.»

«Nun, eine war vom letzten Juli!»

7

Am nächsten Tag kam Japp in Poirots Wohnung spaziert, schleuderte angewidert seinen Hut auf den Tisch und ließ sich in einen Sessel fallen.

«Also», knurrte er, «sie hat nichts damit zu tun.»

«Wer?»

«Die Plenderleith. Hat bis Mitternacht Bridge gespielt. Hausherr, Hausfrau, ein Gast in Gestalt eines hohen Marineoffiziers und zwei Dienstboten können es bezeugen.

Es besteht gar kein Zweifel; wir müssen jede Überlegung, dass sie in den Fall verwickelt sein könnte, fallen lassen. Trotzdem möchte ich zu gern wissen, warum sie sich wegen dieses kleinen Koffers unter der Treppe so aufregte. Das schlägt in Ihr Fach, Poirot. Sie beschäftigen sich doch so gern mit der Aufklärung von Nebensächlichkeiten, die einem nicht weiterhelfen. Das Geheimnis des kleinen Koffers. Klingt doch sehr viel versprechend!»

«Ich hätte noch einen Vorschlag für Sie: Das Geheimnis des Geruchs nach Zigarettenrauch.»

«Ein bisschen plump. Der Geruch – soso? Haben Sie deshalb am Anfang so geschnüffelt, als wir den Tatort untersuchten? Ich habe Sie beobachtet, und es gehört! Schnief, schnief! Ich dachte, Sie hätten einen Schnupfen.»

«Da waren Sie völlig im Irrtum.»

Japp seufzte. «Ich dachte immer, es seien die kleinen grauen Zellen in Ihrem Gehirn. Erzählen Sie mir nicht, dass die Zellen in Ihrer Nase denen anderer Leute auch überlegen sind.»

«Nein, nein, beruhigen Sie sich.»

«Ich habe nämlich keinen Zigarettenrauch gerochen», fuhr Japp misstrauisch fort.

«Ich ebenso wenig, mein Freund.»

Japp musterte ihn zweifelnd. Dann fischte er eine Zigarette aus der Tasche.

«Das ist die Sorte, die Mrs. Allen geraucht hat. Sechs Stummel dort waren ihre. Die anderen vier waren türkische!»

«Genau.»

«Ihre wunderbare Nase hat das wohl konstatiert, ohne hinzusehen!»

«Ich versichere Ihnen, meine Nase hat mit der Sache nichts zu tun. Meine Nase hat nicht das geringste gerochen.»

«Und Ihre Gehirnzellen?»

«Nun, es gab gewisse Hinweise, meinen Sie nicht auch?»

Japp sah ihn von der Seite her an.

«Zum Beispiel?»

«*Eh bien*, es hat definitiv etwas im Zimmer gefehlt. Und es war etwas hinzugefügt worden, denke ich ... Und dann, auf dem Schreibtisch ...»

«Wusste ich's doch! Jetzt kommen wir zu diesem verdammten Gänsekiel!»

«*Du tout*. Die Gänsefeder spielt eine ausschließlich negative Rolle.»

Japp zog sich auf sicheren Grund zurück.

«Ich habe Charles Laverton-West in einer halben Stunde zu mir nach Scotland Yard gebeten. Ich dachte, Sie möchten vielleicht gern dabei sein.»

«Sehr gern sogar.»

«Und es wird Sie gewiss freuen zu erfahren, dass wir diesen Major Eustace aufgespürt haben. Er hat eine kleine Etagenwohnung mit Bedienung in der Cromwell Road.»

«Ausgezeichnet.»

«Und wir haben so einiges in Erfahrung gebracht. Gar kein netter Mensch, dieser Major Eustace. Sobald ich mit Laverton-West gesprochen habe, werden wir ihn aufsuchen. Ist Ihnen das recht?»

«Vollkommen.»

«Also, dann los!»

Um halb zwölf wurde Charles Laverton-West in Chefinspektor Japps Büro geführt. Japp erhob sich und reichte ihm die Hand.

Der Abgeordnete war mittelgroß und trat sehr entschieden auf. Er hatte glattrasierte Wangen, den beweglichen Mund eines Schauspielers und leicht vorstehende Augen, wie man sie oft bei Menschen findet, die über eine gewisse Rednergabe verfügen. Auf eine unaufdringliche, wohlerzogene Art sah er gut aus.

Obwohl er blass und ein wenig bedrückt wirkte, war sein Benehmen gefasst und von tadelloser Höflichkeit. Er nahm Platz, legte Hut und Handschuhe auf den Tisch und sah Japp an.

«Als erstes möchte ich Ihnen versichern, Mr. Laverton-West, dass ich sehr gut verstehe, wie schmerzlich dies alles für Sie sein muss.»

Laverton-West winkte ab. «Lassen Sie uns bitte nicht von meinen Gefühlen sprechen. Sagen Sie, Chefinspektor, haben Sie irgendeine Vermutung, was meine – was Mrs. Allen veranlasst hat, sich das Leben zu nehmen?»

«Sie selbst können uns nicht weiterhelfen?»

«Nein, allerdings nicht.»

«Es gab keinen Streit? Keine irgendwie geartete Entfremdung zwischen Ihnen?»

«Nichts. Das Ganze war für mich ein unerhörter Schock.»

«Vielleicht wird es begreiflicher, Sir, wenn ich Ihnen verrate, dass es sich nicht um Selbstmord, sondern um – Mord handelt!»

«Mord?» Charles Laverton-West traten fast die Augen aus dem Kopf. «Mord sagen Sie?»

«Ganz recht. Nun, Mr. Laverton-West, haben Sie irgendeine Vermutung, wer Mrs. Allen nach dem Leben getrachtet haben könnte?»

«Nein – nein, nicht die geringste!» Laverton-West stotterte förmlich. «Keine Spur! Die Vorstellung allein ist – ist undenkbar!»

«Sie hat nie irgendwelche Feinde erwähnt? Leute, die vielleicht einen Groll gegen sie hegten?»

«Niemals.»

«Haben Sie gewusst, dass sie eine Pistole besaß?»

«Diese Tatsache war mir unbekannt.» Er schien ein wenig erschrocken.

«Miss Plenderleith erklärt, Mrs. Allen habe diese Pistole vor einigen Jahren aus dem Ausland mitgebracht.»

«Tatsächlich?»

«Wir haben natürlich nur Miss Plenderleiths Wort dafür. Es ist durchaus möglich, dass Mrs. Allen sich von irgendeiner Seite bedroht fühlte und aus nur ihr bekannten Gründen die Pistole immer griffbereit haben wollte.»

Charles Laverton-West schüttelte zweifelnd den Kopf. Er schien bestürzt und verwirrt.

«Was ist Ihre Meinung über Miss Plenderleith, Mr. Laverton-West? Ich meine, halten Sie sie für eine ehrliche, vertrauenswürdige Person?»

Der andere überlegte einen Augenblick. «Ich denke schon, doch, ich würde sagen, ja.»

«Sie mögen sie nicht?», erkundigte sich Japp, der ihn scharf beobachtet hatte.

«Das möchte ich nicht behaupten. Sie ist nur nicht mein Typ. Ich mache mir nichts aus dieser sarkastischen, emanzipierten Sorte Frau, aber ich würde sie für durchaus aufrichtig halten.»

«Hm», brummte. Japp. «Kennen Sie einen gewissen Major Eustace?»

«Eustace? Eustace? Ach ja, ich erinnere mich an den Namen. Ich bin ihm einmal bei Barbara – bei Mrs. Allen begegnet. Ein ziemlich zweifelhafter Bursche, meiner Meinung nach. Das habe ich auch zu meiner – zu Mrs. Allen gesagt. Er gehörte nicht zu den Leuten, die ich nach unserer Heirat gern als Gast in unserem Haus gesehen hätte.»

«Und was sagte Mrs. Allen dazu?»

«Oh, sie war ganz meiner Meinung. Sie hat sich stets völlig auf mein Urteil verlassen. Ein Mann kann nun einmal andere Männer besser beurteilen als eine Frau. Sie meinte, sie könne schließlich nicht gut unfreundlich sein zu einem Mann, nur weil sie ihn lange nicht mehr gesehen habe – ich glaube, sie hatte vor allem schreckliche Angst, snobistisch zu erscheinen! Als meine Frau hätte sie natürlich eine ganze Menge ihrer früheren Bekannten – äh – sagen wir, unpassend finden müssen.»

«Soll das heißen, dass sie durch die Heirat mit Ihnen ihre gesellschaftliche Stellung verbessert hätte?», fragte Japp schroff.

Laverton-West hob seine gepflegte Hand.

«Nein, nicht direkt. Tatsächlich war Mrs. Allens Mutter weitläufig mit meiner eigenen Familie verwandt. Nein, bezüglich ihrer Herkunft war sie mir durchaus ebenbürtig. Aber in meiner Position muss ich natürlich bei der Auswahl meiner Freunde besonders vorsichtig sein – ebenso meine Frau. Man steht bis zu einem gewissen Grad ständig im Rampenlicht.»

«Allerdings», antwortete Japp trocken und fügte nach kurzer Pause hinzu: «Sie können uns also in keiner Weise behilflich sein?»

«Nein, leider nicht. Ich bin selbst wie vor den Kopf geschlagen. Barbara ermordet! Es scheint mir unbegreiflich.»

«Mr. Laverton-West, könnten Sie mir noch sagen, wo Sie selbst sich am Abend des fünften November aufgehalten haben?»

«Wo ich mich aufgehalten habe?» Laverton-Wests Stimme überschlug sich beinahe.

«Eine reine Routinesache», erklärte Japp beschwichtigend. «Wir – hm – müssen diese Frage an jeden richten.»

Charles Laverton-West setzte eine würdevolle Miene auf. «Man sollte doch hoffen, dass jemand in meiner Position davon verschont bleiben würde.» Japp wartete ungerührt.

«Also, ich war – lassen Sie mich überlegen … Ach ja, ich war im Parlament. Ging dort um halb elf weg. Machte danach einen Spaziergang am Themseufer und sah mir das Feuerwerk an.»

«Ein schöner Gedanke, dass es heutzutage keine solchen Verschwörungen mehr gibt», scherzte Japp.

Laverton-West starrte ihn an, ohne eine Miene zu verziehen.

«Dann ging ich – äh – zu Fuß nach Hause.»

«Ihre Londoner Adresse ist Onslow Square, wenn ich mich nicht irre. Wann kamen Sie dort an?»

«Das weiß ich nicht genau.»

«Elf? Halb zwölf?»

«So ungefähr.»

«Vielleicht hat Sie jemand eingelassen?»

«Nein, ich habe einen Schlüssel.»

«Sind Sie auf Ihrem Spaziergang jemand begegnet?»

«Nein – äh – also wirklich, Chefinspektor, ich finde Ihre Fragen außerordentlich befremdend!»

«Ich versichere Ihnen, es handelt sich um eine reine Routineauskunft, Mr. Laverton-West. Die Fragen sind keineswegs persönlich gemeint.»

Die Antwort schien den erbosten Abgeordneten zu besänftigen.

«Wenn das alles ist ...»

«Das ist vorläufig alles, Mr. Laverton-West.»

«Sie halten mich auf dem Laufenden?»

«Selbstverständlich, Sir. Ach, übrigens, darf ich Ihnen Monsieur Hercule Poirot vorstellen. Sie haben vielleicht schon von ihm gehört.»

Mr. Laverton-Wests Augen hefteten sich interessiert auf den kleinen Belgier.

«Doch – doch, der Name kommt mir bekannt vor.»

«Monsieur», begann Poirot, wobei sein Gebaren plötzlich etwas sehr Fremdländisches annahm. «Glauben Sie mir, mein Herz blutet für Sie. Welch ein Verlust! Welche Qualen müssen Sie leiden! Ah, doch ich will nichts mehr sagen. Wie wundervoll die Engländer Ihre Gefühle zu verbergen wissen.» Er zog blitzschnell sein Zigarettenetui hervor. «Gestatten Sie – oh, es ist leer, Japp?»

Japp tastete seine Taschen ab und schüttelte den Kopf.

Laverton-West nahm sein eigenes Zigarettenetui heraus, wobei er murmelte: «Ach – äh – bitte, nehmen Sie doch eine von meinen, Monsieur Poirot.»

«Danke – vielen Dank.» Der kleine Mann bediente sich.

«Wie Sie so richtig sagen, Monsieur Poirot», fuhr der andere fort, «wir Engländer stellen unsere Gefühle nicht zur Schau. Beherrschung in allen Lebenslagen, das ist unsere Devise.»

Er verbeugte sich vor den beiden Männern und ging hinaus. «Ziemlich aufgeblasener Esel», bemerkte Japp abfällig. «Dazu kalt wie eine Hundeschnauze! Diese Plenderleith hatte völlig Recht, was ihn betrifft. Trotzdem, er ist ein gut aussehender Bursche – Frauen, die keinen Sinn für Humor haben, könnten ihn durchaus attraktiv finden. Was ist nun mit dieser Zigarette?»

Poirot reichte sie ihm und schüttelte dabei den Kopf.

«Ägyptisch. Eine teure Marke.»

«Nein, das hilft uns nicht weiter. Schade, denn ich habe nie ein schwächeres Alibi gehört! Eigentlich war es überhaupt keines … Wissen Sie, Poirot, es ist ein Jammer, dass die Sache sich nicht umgekehrt verhält. Wenn sie ihn erpresst hätte … Er wäre ein wundervolles Opfer. Er würde lammfromm bezahlen! Alles, nur kein Skandal!»

«Mein Freund, es ist sehr hübsch, wenn Sie den Fall so rekonstruieren, wie Sie ihn gern hätten, aber das ist nicht unsere Sache!»

«Nein, Eustace ist unsere Sache. Ich habe einiges über ihn in Erfahrung gebracht. Ganz entschieden ein übler Bursche.»

«Übrigens, sind Sie meinem Vorschlag hinsichtlich Miss Plenderleith gefolgt?»

«Ja. Warten Sie einen Moment. Ich rufe mal eben an und lasse mir den letzten Bericht durchgeben.»

Er nahm den Hörer ab. Nach einem kurzen Gespräch legte er ihn wieder auf und blickte zu Poirot hin.

«Eine reichlich abgebrühte Person. Ist einfach zum Golfspielen gegangen. Wirklich reizend, wenn einem am Tag zuvor die Freundin ermordet worden ist!»

Poirot stieß einen unterdrückten Laut aus.

«Was ist denn nun schon wieder?», fragte Japp.

Poirot murmelte nur vor sich hin: «Natürlich … natürlich … aber selbstverständlich … Was für ein Narr bin ich doch – dabei sprang es einem förmlich ins Auge!»

«Hören Sie endlich mit Ihren albernen Selbstgesprächen auf», sagte Japp erbost. «Gehen wir lieber und knöpfen uns diesen Eustace vor.»

Zu seinem Erstaunen breitete sich ein strahlendes Lächeln über Poirots Gesicht.

«Aber ja doch – unbedingt. Knöpfen wir ihn uns vor! Denn jetzt, wissen Sie, jetzt weiß ich alles – aber auch alles!»

8

Major Eustace empfing die beiden Besucher mit der gelassenen Selbstsicherheit eines Mannes von Welt.

Seine Wohnung war klein, nur ein *pied à terre*, wie er erklärte. Er bot den beiden Besuchern etwas zu trinken an und zückte, als diese ablehnten, sein Zigarettenetui.

Sowohl Japp wie Poirot nahmen eine Zigarette. Sie wechselten einen raschen Blick.

«Sie rauchen türkische Zigaretten, wie ich sehe», bemerkte Japp, während er die Zigarette zwischen den Fingern hin und her drehte.

«Ha. Tut mir Leid, hätten Sie lieber welche mit Virginiatabak? Ich muss irgendwo noch ein paar haben.»

«Nein, nein, diese hier genügen mir vollkommen.» Dann beugte sich Japp vor und sagte in verändertem Ton: «Vielleicht können Sie erraten, Major Eustace, weshalb ich Sie aufgesucht habe?»

Der andere schüttelte den Kopf. Er gab sich völlig ungezwungen. Major Eustace war ein großer, auf eine etwas gewöhnliche Art gut aussehender Mann. Die Hautpartie um seine Augen war leicht gedunsen, und die Augen selbst – kleine, tückische Augen – straften die gutmütige Jovialität seines Benehmens Lügen.

«Nein», erwiderte er. «Ich ahne nicht, was eine so bedeutende Persönlichkeit wie einen Chefinspektor zu mir führen könnte. Hat es irgendetwas mit meinem Wagen zu tun?»

«Nein, mit Ihrem Wagen nicht. Sie kennen doch eine gewisse Mrs. Barbara Allen, Major Eustace?»

Der Major lehnte sich zurück, paffte eine Rauchwolke von sich und rief in einem Ton, als sei ihm plötzlich ein Licht aufgegangen: «Ach, das ist es also! Natürlich, das hätte ich mir denken können. Ein sehr trauriger Fall.»

«Sie wissen Bescheid?»

«Habe es gestern Abend in der Zeitung gelesen. Zu schlimm!»

«Sie kannten Mrs. Allen aus Indien, soviel ich weiß.»

«Ja, das ist jetzt schon einige Jahre her.»

«Haben Sie auch ihren Mann gekannt?»

Er zögerte, nur den Bruchteil einer Sekunde, aber während dieses kurzen Augenblicks glitt ein blitzschneller Blick aus seinen kleinen Augen zwischen den Gesichtern der beiden Männer hin und her. Dann antwortete er:

«Nein, ich bin Allen nie persönlich begegnet.»

«Aber Sie wissen etwas von ihm.»

«Habe mal gehört, er sei ein recht übler Kunde gewesen. Das war natürlich nur ein Gerücht.»

«Mrs. Allen hat Ihnen nichts erzählt?»

«Habe mit ihr nie über ihn gesprochen.»

«Sie standen auf vertrautem Fuß mit ihr?»

Major Eustace hob die Schultern. «Wir waren alte Freunde. Aber wir haben uns nicht sehr oft gesehen.»

«Aber an jenem letzten Abend haben Sie sie gesehen? Am Abend des fünften November?»

«Ja, das ist richtig.»

«Sie haben sie in ihrem Haus aufgesucht, wenn ich mich nicht irre.»

Major Eustace nickte. Seine Stimme nahm einen betrübten Ton an.

«Ja, sie bat mich, sie wegen bestimmten Investitionen zu beraten. Ich kann mir natürlich denken, worauf Sie hinauswollen – ihre Gemütsverfassung und dergleichen. Tja, tatsächlich ist das sehr schwer zu sagen. In ihrem Benehmen schien sie eigentlich ganz normal, und doch, wenn ich's mir recht überlege, war sie ein bisschen nervös.»

«Aber sie machte keine Andeutung hinsichtlich dessen, was sie zu tun beabsichtigte?»

«Nicht die geringsten. Im Gegenteil, als wir uns verabschiedeten, sagte ich noch zu ihr, ich würde sie bald anrufen und wir würden dann zusammen ins Theater gehen.»

«Sie sagten also, Sie würden sie anrufen. Das waren Ihre letzten Worte?»

«Ja.»

«Merkwürdig. Nach meinen Informationen haben Sie etwas ganz anderes gesagt.»

Eustace wurde blass. «Na ja, an den genauen Wortlaut kann ich mich natürlich nicht mehr erinnern.»

«Nach meinen Informationen lauteten Ihre Abschiedsworte folgendermaßen: ‹Überlegen Sie es sich und geben Sie mir dann Bescheid.›»

«Lassen Sie mich nachdenken. Ja, ich glaube, Sie haben Recht. Es stimmt allerdings nicht ganz. Ich glaube, ich habe sie gebeten, sie solle mir Bescheid geben, wann sie Zeit habe.»

«Das ist allerdings nicht ganz dasselbe, wie?», bemerkte Japp. Major Eustace zuckte die Achseln. «Mein Bester, Sie können schließlich nicht erwarten, dass man sich wortwörtlich an alles erinnert, was man bei einer bestimmten Gelegenheit gesagt hat.»

«Und was hat Mrs. Allen erwidert?»

«Sie sagte, sie wolle mich anrufen. Das heißt, soweit ich mich erinnern kann.»

«Und darauf sagten sie: ‹Also gut. Auf Wiedersehen.›»

«Wahrscheinlich. So etwas Ähnliches jedenfalls.»

«Sie behaupten, dass Mrs. Allen Sie wegen gewisser Geldanlagen um Rat gefragt habe», sagte Japp ruhig. «Hat sie Ihnen zufällig die Summe von zweihundert Pfund in bar anvertraut, damit Sie diese für sie anlegen?»

Das Gesicht des Majors lief dunkelrot an. Er beugte sich vor und rief wütend: «Was, zum Teufel, wollen Sie damit andeuten?»

«Hat sie oder hat sie nicht?»

«Das ist meine Sache, Chefinspektor.»

Japp sagte gelassen: «Mrs. Allen hat die Summe von zweihundert Pfund von ihrem Konto abgehoben, einen Teil davon in Fünfpfundnoten. Diese lassen sich natürlich anhand der Nummern ermitteln.»

«Angenommen, sie hätte es getan – na und?»

«Sollte das Geld angelegt werden, oder war es – Epressung, Major Eustace?»

«Das ist absurd! Was wollen Sie mir noch alles unterstellen?»

«Ich glaube, Major Eustace», sagte Japp in seinem amtlichsten Ton, «ich muss Sie an diesem Punkt fragen, ob Sie bereit sind, sich freiwillig zu Scotland Yard zu verfügen und dort Ihre Aussage zu Protokoll zu geben. Es besteht selbstverständlich keine Verpflichtung dazu, und Sie können, falls Sie wollen, Ihren Anwalt hinzuziehen.»

«Anwalt? Wozu, zum Teufel, sollte ich einen Anwalt brauchen? Und weshalb überhaupt dieser offizielle Hinweis!»

«Ich leite die Ermittlungen hinsichtlich der genauen Umstände von Mrs. Allens Tod.»

«Großer Gott, Mann, Sie glauben doch nicht – aber das ist ja Unsinn! Ich werde Ihnen sagen, wie es war. Ich suchte Barbara, wie vorher vereinbart, an jenem Abend auf…»

«Um wie viel Uhr war das?»

«Ungefähr um halb zehn, würde ich sagen. Wir saßen und unterhielten uns…»

«Und rauchten.»

«Ja, und rauchten. Ist das auch schon ein Verbrechen?» fügte der Major trotzig hinzu.

«Wo fand diese Unterhaltung statt?»

«Im Wohnzimmer. Gleich links, wenn man hineinkommt. Wir unterhielten uns, wie gesagt, ganz freundschaftlich. Kurz vor halb elf ging ich. In der Haustür blieb ich noch einen Moment stehen, um mit Barbara ein paar letzte Worte zu wechseln ...»

«Letzte Worte ... wie treffend», murmelte Poirot.

Eustace fuhr herum. «Wer sind Sie eigentlich, das möchte ich mal wissen», schrie er Poirot an. «Wohl irgend so ein verdammter Südländer! Weshalb mischen Sie sich überhaupt ein?»

«Ich bin Hercule Poirot», erklärte der kleine Mann mit Würde.

«Interessiert mich nicht, und wenn Sie die Achillesstatue wären. Also wie gesagt, Barbara und ich trennten uns in aller Freundschaft. Ich fuhr von dort direkt zum ‹Far East Club›. Traf um fünf nach halb elf ein und ging direkt ins Spielzimmer hinauf, wo ich bis halb zwei Uhr blieb und Bridge spielte. So, das können Sie sich jetzt in Ihre Pfeife stecken und rauchen!»

«Ich rauche nicht Pfeife», sagte Poirot. «Welch ein hübsches Alibi Sie da haben.»

«Ein ziemlich unerschütterliches auf jeden Fall. Also, Sir.» Er blickte zu Japp. «Genügt Ihnen das?»

«Sie sind während Ihres Besuchs immer im Wohnzimmer geblieben?»

«Ja.»

«Sie sind nicht nach oben in Mrs. Allens eigenes Boudoir gegangen?»

«Nein, das sagte ich Ihnen doch. Wir sind die ganze Zeit in dem einen Raum geblieben.»

Japp musterte ihn eine Weile nachdenklich. Dann fragte er: «Wieviel Paare Manschettenknöpfe besitzen Sie?»

«Manschettenknöpfe? Manschettenknöpfe? Was soll das nun wieder heißen?»

«Sie sind natürlich nicht verpflichtet, auf diese Frage zu antworten.»

«Zu antworten? Wieso sollte ich denn nicht darauf antworten? Ich habe schließlich nichts zu verbergen. Außerdem werde ich eine Entschuldigung verlangen. Also, ich habe diese hier...»

Er streckte die Arme aus.

Japp warf einen Blick auf die Knöpfe aus Gold und Platin und nickte.

«Und dann habe ich noch diese.»

Eustace erhob sich, öffnete eine Schublade und zog ein Etui heraus, das er aufklappte und Japp mit einer fast unhöflichen Geste unter die Nase hielt.

«Eine sehr hübsche Form», lobte der Chefinspektor. «Wie ich sehe, ist einer kaputt – ein Stück Email ist abgesplittert.»

«Na und?»

«Sie wissen vermutlich nicht, wann das passierte?»

«Vor ein oder zwei Tagen, nicht länger.»

«Würde es Sie überraschen zu hören, dass es während Ihres Besuchs bei Mrs. Allen passierte?»

«Warum auch nicht? Ich habe nie bestritten, dass ich dort war», sagte der Major mit hochmütiger Stimme. Er fuhr fort, die Rolle des zu Recht Entrüsteten zu spielen, aber seine Hände hatten leicht zu zittern begonnen.

Japp beugte sich vor. «Ja», sagte er mit deutlicher Betonung, «aber dieses Manschettenknopfstück wurde nicht im Wohnzimmer gefunden, sondern oben in Mrs. Allens Schlafzimmer. Im selben Zimmer, in dem sie starb und in dem ein Mann gesessen hat, der dieselbe Sorte Zigaretten rauchte, die Sie rauchen.»

Der Schuss saß. Eustace sank auf seinem Stuhl zusammen. Seine Augen liefen von einem zum andern. Die schlagartige Verwandlung von einem Angeber in einen Feigling war kein schöner Anblick.

«Sie haben keine Beweise», protestierte er in fast weinerlichem Ton. «Sie wollen mir die Sache in die Schuhe schieben ... Aber das können Sie nicht. Ich habe ein Alibi ... ich habe das Haus an jenem Abend nicht mehr betreten ...»

Poirot ergriff nun seinerseits das Wort.

«Nein, Sie haben das Haus nicht mehr betreten. Es war nicht mehr nötig ... Denn vielleicht war Mrs. Allen schon tot, als Sie gingen.»

«Das ist ausgeschlossen – ausgeschlossen! Sie stand gleich hinter der Haustür und hat mit mir gesprochen ... Nachbarn müssen es gehört haben – und sie gesehen haben ...»

Poirot erwiderte freundlich: «Man hat Sie gehört, wie Sie mit ihr sprachen, wie Sie taten, als warteten Sie auf ihre Antwort, und dann weitersprachen. Das ist ein alter Trick ... Die Zeugen vermuten, dass Mrs. Allen da war, aber sie haben sie nicht gesehen, denn sie konnten nicht einmal sagen, ob Mrs. Allen ein Tageskleid oder ein Abendkleid trug – ja, noch nicht einmal, welche Farbe ihr Kleid hatte ...»

«Mein Gott, das ist nicht wahr – das ist alles nicht wahr...»

Eustace zitterte am ganzen Körper. Er war völlig gebrochen. Japp betrachtete ihn voll Ekel.

«Ich muss Sie bitten, mit mir zu kommen, Sir», sagte er kühl.

«Sie wollen mich verhaften?»

«Sie sind vorläufig festgenommen – wollen wir es einmal so nennen.»

In das darauf folgende Schweigen hinein tönte ein lang gezogenes Ächzen. Der eben noch so selbstsichere Major Eustace stieß in verzweifeltem Ton hervor: «Ich bin erledigt.»

Hercule Poirot rieb sich die Hände und lächelte vergnügt. Irgendetwas schien ihn sehr zu erheitern.

9

«Fabelhaft, wie der Bursche zusammengeklappt ist», bemerkte Japp mit einem Anflug von Berufsstolz, während er einige Zeit später an diesem Tag mit Poirot die Brompton Road hinunterfuhr.

«Er wusste, das Spiel war aus», erwiderte Poirot geistesabwesend.

«Wir haben eine ganze Menge gegen ihn in der Hand», erklärte Japp zufrieden. «Zwei oder drei falsche Namen, Scheckbetrug und eine sehr hübsche Geschichte mit einem längeren Aufenthalt im ‹Ritz›, wo er sich Oberst de Bathe nannte und ein halbes Dutzend Geschäftsleute betrog. Wir nehmen das vorläufig als Haftgrund – bis die andere Sache endgültig geklärt ist. Was bezwecken Sie eigentlich mit unserer Fahrt, alter Knabe?»

«Lieber Freund, ein Fall muss säuberlich abgeschlossen werden. Jedes einzelne Detail ist aufzuklären. Ich bin auf der Spur des Geheimnisses, von dem Sie neulich sprachen: das Geheimnis des verschwundenen Köfferchens.»

«Das Geheimnis des *kleinen* Koffers – so habe ich es genannt. Er ist nicht verschwunden, soviel ich weiß.»

«Warten Sie's ab, *mon ami.*»

Der Wagen bog in die Seitengasse ein. Vor der Haustür von Nummer vierzehn stieg Jane Plenderleith gerade aus einem blauen Austin Seven. Sie trug Golfkleidung.

Sie blickte von einem der beiden Männer zum anderen, dann holte sie einen Schlüssel aus der Tasche und schloss die Haustür auf.

«Kommen Sie bitte herein.»

Sie ging voraus. Japp folgte ihr ins Wohnzimmer. Poirot blieb für ein paar Minuten in der Diele zurück, wo man ihn murmeln hörte: «*C'est embêtant* - wie schwer man aus diesen Ärmeln herauskommt!»

Gleich darauf trat er ohne Mantel ins Wohnzimmer. Japps Lippen unter dem Schnurbart zuckten leicht. Er hatte kurz vorher das schwache Knarren einer Schranktür gehört.

«Wir wollen Sie nicht lange aufhalten, Miss Plenderleith», sagte Japp rasch. «Wir sind nur gekommen, um Sie zu fragen, ob Sie uns den Namen von Mrs. Allens Anwalt nennen können.»

«Den Namen ihres Anwalts?» Die junge Frau schüttelte den Kopf. «Ich weiß gar nicht, ob sie einen hatte.»

«Als sie das Haus hier mit Ihnen mietete, muss ihr doch jemand den Mietvertrag aufgesetzt haben.»

«Nein, ich glaube nicht. Sehen Sie, ich habe das Haus gemietet, der Mietvertrag läuft auf meinen Namen. Barbara hat mir einfach die halbe Miete bezahlt. Es war eine ganz formlose Vereinbarung.»

«Ich verstehe. Na ja, da kann man nichts machen.»

«Tut mir Leid, dass ich Ihnen nicht helfen kann», sagte Jane höflich.

«Es ist im Grund nicht so wichtig.» Japp wandte sich zur Tür.

«Sie waren beim Golfspielen?»

«Ja.» Sie errötete. «Wahrscheinlich finden Sie das ziemlich herzlos von mir. Aber ehrlich gesagt, mir ist hier im Haus fast die Decke auf den Kopf gefallen. Ich hatte das Gefühl, ich müsste weg von hier und etwas tun – sonst wäre ich erstickt!»

«Ich verstehe, Mademoiselle», entgegnete Poirot schnell. «Das ist überaus begreiflich – überaus natürlich. Im Haus zu sitzen und zu grübeln – nein, das wäre nicht angenehm.»

«Wenn Sie's nur verstehen», sagte Jane kurz.

«Sie sind Mitglied eines Clubs?»

«Ja. Ich spiele in Wentworth.»

«Es war ein angenehmer Tag heute.»

«Ach, jetzt sind nur noch wenig Blätter an den Bäumen! Vor einer Woche waren die Wälder wirklich noch prachtvoll.»

«Heute war es auch sehr schön», bemerkte Poirot.

«Guten Tag, Miss Plenderleith», sagte Japp förmlich. «Ich gebe Ihnen Bescheid, wenn wir Genaues wissen. Allerdings haben wir bereits einen Verdächtigen festgenommen.»

«Wen?» Sie sah ihn gespannt an.

«Major Eustace.»

Sie nickte. Dann bückte sie sich mit abgewandtem Gesicht und hielt ein Streichholz an das aufgeschichtete Holz im Kamin.

«Nun?», fragte Japp, während der Wagen um die Straßenecke bog. Poirot schmunzelte: «Es war ganz einfach. Diesmal steckte der Schlüssel.»

«Und …?»

«Eh bien.» Poirot lächelte. «Die Golfschläger waren fort.»

«Natürlich. Diese Frau mag manches sein, dumm ist sie jedenfalls nicht. War sonst noch etwas verschwunden?»

Poirot nickte. «Ja, mein Freund – der kleine Koffer!»

Japp trat unwillkürlich aufs Gaspedal.

«Verdammt!», rief er. «Ich wusste, dass etwas faul war! Aber was? Ich habe diesen Koffer doch gründlich untersucht.»

«Mein armer Japp … dabei ist es doch ‹sonnenklar, mein lieber Watson› – wie es so schön heißt.»

Japp warf ihm einen ärgerlichen Blick zu.

«Wo fahren wir jetzt hin?», fragte er. Poirot sah auf die Uhr. «Es ist noch nicht vier. Wir könnten vor Einbruch der Dunkelheit in Wentworth sein.»

«Was meinen Sie, ist sie tatsächlich dort gewesen?»

«Ich glaube schon – doch ja. Sie musste wissen, dass wir es möglicherweise nachprüfen. O ja, ich glaube, wir werden feststellen, dass sie dort war.»

Japp brummte: «Meinetwegen, fahren wir.» Er steuerte den Wagen geschickt durch den dichten Verkehr. «Obwohl ich nicht begreife, was dieser Koffer mit dem Verbrechen zu tun hat. Soviel ich sehe, hat er überhaupt nichts damit zu tun.»

«Genau, mein Freund, ich bin völlig Ihrer Meinung. Er hat nicht das geringste damit zu tun.»

«Warum ist dann – nein, sagen Sie nichts! Ordnung und Methode und alles muss säuberlich abgeschlossen werden, ich weiß ... Na ja, es ist ein schöner Tag.»

Sie fuhren sehr schnell. Bereits kurz nach halb fünf hatten sie den Golfclub von Wentworth erreicht. An einem Wochentag herrschte dort wenig Betrieb.

Poirot begab sich direkt zum Verwalter und bat um Miss Plenderleiths Golfschläger. Sie wolle morgen auf einem anderen Platz spielen, erklärte er.

Der Mann rief etwas, worauf ein Junge zwischen verschiedenen Golfschlägern, die in einer Ecke standen, zu suchen begann. Schließlich zog er eine Tasche mit den Initialen J.P. hervor.

«Danke.» Poirot wandte sich zum Gehen, drehte sich dann scheinbar beiläufig noch einmal um und fragte: «Sie hat nicht zufällig einen kleinen Koffer bei Ihnen stehen gelassen?»

«Heute nicht, Sir. Vielleicht hat sie ihn im Clubhaus vergessen.»

«Sie war doch heute hier?»

«O ja, ich habe sie gesehen.»

«Wissen Sie, welchen Caddie sie hatte? Sie vermisst ein Köfferchen und kann sich nicht erinnern, wann sie es das letzte Mal dabei hatte.»

«Sie wollte keinen Caddie. Sie kam bloß herein und kaufte ein paar Bälle. Nahm nur ein Paar Schläger mit. Mir ist übrigens, als hätte sie da ein Köfferchen in der Hand gehabt.»

Poirot bedankte sich und ging. Die beiden Männer schlenderten um das Clubhaus herum. Einmal blieb Poirot kurz stehen und bewunderte die Aussicht.

«Es ist schön, nicht wahr, die dunklen Tannen – und dann der See. Ja, der See ...»

Japp warf ihm einen raschen Blick zu.

«Das meinen Sie also, wie?»

Poirot lächelte. «Ich halte es für möglich, dass jemand etwas beobachtet hat. Ich würde Nachforschungen in die Wege leiten, wenn ich Sie wäre.»

10

Poirot trat zurück und begutachtete mit schrägem Kopf die Anordnung der Sitze. Ein Sessel hier – ein zweiter Sessel dort. Ja, so war es sehr gut. Und da klingelte es auch schon an der Tür – das musste Japp sein.

Der Mann von Scotland Yard kam mit lebhaften Schritten ins Zimmer.

«Sie hatten vollkommen Recht, alter Freund. Den Nagel auf den Kopf getroffen. Eine junge Frau ist gestern beobachtet worden, wie sie etwas in den See warf. Wir konnten den betreffenden Gegenstand ohne größere Schwierigkeiten herausfischen. Genau an der Stelle gibt es viel Schilf.»

«Und was war es?»

«Es war tatsächlich das Köfferchen! Aber warum, um Himmels willen? Das begreife ich einfach nicht! Es war nichts drin – nicht einmal die Zeitschriften. Warum eine junge Frau mit vermutlich normalem Verstand einen teuren Koffer in einen See wirft – wissen Sie, dass ich mir darüber die ganze Nacht den Kopf zermartert habe?»

«*Mon pauvre* Japp. Aber Sie brauchen sich keine Sorgen mehr zu machen. Hier kommt schon die Antwort. Es hat geklingelt.»

George, Poirots untadeliger Diener, öffnete die Tür und meldete: «Miss Plenderleith.»

Die junge Frau trat mit ihrer gewohnten Selbstsicherheit ins Zimmer und begrüßte die beiden.

«Ich habe Sie hergebeten ...» Poirot unterbrach sich. «Würden Sie bitte hier Platz nehmen und Sie hier, Japp ... ich habe Ihnen bestimmte Mitteilungen zu machen.»

Die junge Frau setzte sich. Sie blickte von einem zum anderen, während sie ihren Hut nach hinten rückte. Schließlich nahm sie ihn ab und legte ihn ungeduldig beiseite.

«Ja», sagte sie, «Major Eustace ist verhaftet worden.»

«Das haben Sie in der Morgenzeitung gelesen, nehme ich an.»

«Ja.»

«Er ist vorläufig wegen kleinerer Vergehen in Haft», fuhr Poirot fort. «Inzwischen sammeln wir Beweismaterial im Zusammenhang mit dem Mord.»

«Dann handelt es sich also wirklich um Mord?», fragte sie gespannt.

Poirot nickte. «Es handelt sich um Mord. Die vorsätzliche Zerstörung eines Menschen durch einen anderen Menschen.»

Sie schauderte zusammen.

«Nicht», murmelte sie. «Es klingt schrecklich, wenn Sie es so sagen.»

«Ja – es ist auch schrecklich.» Poirot machte eine kurze Pause, ehe er fortfuhr: «Miss Plenderleith, ich werde Ihnen nun genau erzählen, wie ich in diesem Fall zur Wahrheit gelangt bin.»

Sie blickte von Poirot zu Japp. Der Chefinspektor lächelte.

«Er hat seine eigenen Methoden, Miss Plenderleith», erklärte er. «Ich lasse ihn gewähren. Wollen wir doch hören, was er zu sagen hat.»

Poirot begann.

«Wie Sie wissen, Mademoiselle, traf ich mit meinem Freund am Vormittag des sechsten November am Tatort ein. Wir begaben uns in das Zimmer, in welchem man Mrs. Allens Leiche gefunden hatte, und es fielen mir dort sofort mehrere bedeutsame Kleinigkeiten auf. Verschiedene Dinge in jenem Zimmer waren nämlich ausgesprochen merkwürdig.»

«Weiter», sagte Jane knapp.

«Zunächst einmal der Zigarettenrauch.»

«Ich glaube, da übertreiben Sie, Poirot», unterbrach ihn Japp. «Ich selbst habe gar nichts gerochen.»

Poirot drehte sich blitzschnell zu ihm um.

«Genau. Sie haben keinen abgestandenen Zigarettenrauch gerochen. Und ich ebenso wenig. Und das war sehr, sehr sonderbar – denn Tür und Fenster waren beide fest geschlossen, und in einem Aschenbecher lagen die Stummel von nicht weniger als zehn Zigaretten. Es war eigenartig, sehr eigenartig, dass die Luft in diesem Zimmer absolut frisch roch – und das tat sie.»

«Also darauf wollten Sie hinaus!», Japp seufzte. «Dass Sie an die Dinge immer so umständlich herangehen müssen!»

«Ihr Sherlock Holmes tat dasselbe. Erinnern Sie sich, einmal lenkte er die Aufmerksamkeit auf die merkwürdige nächtliche Begebenheit mit dem Hund – und die Antwort darauf war, dass es eben keine merkwürdige Begebenheit gab. Der Hund hatte sich während der Nacht nicht von der Stelle gerührt. Doch fahren wir fort: Das nächste, was mir auffiel, war die Armbanduhr, die die Tote trug.»

«Was war damit?»

«Nichts Besonderes, aber sie trug sie am rechten Handgelenk. Nun ist es nach meiner Erfahrung eher üblich, die Uhr am linken Handgelenk zu tragen.»

Japp zuckte die Achseln. Ehe er jedoch etwas sagen konnte, sprach Poirot eilig weiter.

«Aber das lässt keine endgültigen Schlüsse zu. Manche Menschen ziehen es eben vor, die Armbanduhr rechts zu tragen. Doch jetzt komme ich zu einem wirklich interessanten Punkt, meine Freunde, ich komme zu dem Schreibsekretär.»

«Ja, das habe ich vermutet», seufzte Japp.

«Dies war nun wirklich sehr sonderbar, sehr auffällig! Aus zwei Gründen. Erstens fehlte etwas.»

«Was denn?», fragte Jane Plenderleith.

Poirot wandte sich ihr zu.

«Ein Blatt Löschpapier, Mademoiselle. In der Mappe

mit dem Löschpapier befand sich obenauf ein sauberes, unberührtes Blatt.»

«Also wirklich, Monsieur Poirot», erwiderte Jane achselzuckend. «Man entfernt doch gelegentlich einmal ein stark benütztes Löschblatt!»

«Gewiss, aber was tut man damit? Man wirft es in den Papierkorb, nicht wahr? Es lag nicht im Papierkorb. Ich habe nachgesehen.»

Jane Plenderleith schien die Geduld zu verlieren.

«Weil es wahrscheinlich schon am Tag zuvor weggeworfen worden war. Das folgende Blatt war sauber, weil Barbara an dem Tag noch nichts geschrieben hatte.»

«Das trifft nicht zu, Mademoiselle. Denn Mrs. Allen wurde an jenem Abend gesehen, wie sie zum Briefkasten ging. Also muss sie Briefe geschrieben haben. Unten konnte sie sie nicht geschrieben haben, denn dort gab es kein Schreibzeug. Und sie wäre wohl kaum in Ihr Zimmer gegangen, um zu schreiben. Was also ist mit dem Löschblatt geschehen, mit dem sie die Tinte gelöscht hat? Gewiss, manchmal wirft man etwas ins Feuer, statt in den Papierkorb, aber in Mrs. Allens Zimmer gibt es nur einen Gaskamin. Und der Kamin unten hatte am Vortag nicht gebrannt, denn Sie selbst haben mir erzählt, dass das Holz sauber aufgeschichtet zum Anzünden bereit lag, als Sie kamen.»

Poirot schöpfte Atem. Er sah Japp an.

«Ein eigenartiger Widerspruch. Ich habe überall nachgesehen, in den Papierkörben, in der Mülltonne, aber ich konnte kein benütztes Löschblatt finden – und das kam mir sehr bedeutsam vor. Es schien, als habe es jemand absichtlich weggenommen. Aber warum? Weil sich Schriftzüge darauf befanden, die man mit Hilfe eines Spiegels leicht hätte entziffern können. Es gab jedoch noch ein zweites auffallendes Detail im Zusammenhang mit dem Schreibsekretär. Vielleicht erinnern Sie sich noch ungefähr an die Anordnung der Gegenstände darauf, Japp? Löschpapier und Tintenfass in der Mitte, Federschale zur Linken, Kalender und Gänsekiel zur Rechten. *Eh bien?* Sehen Sie es denn nicht? Sie erinnern sich, ich habe die Gänsefeder untersucht; sie diente lediglich zur Zierde und war unbenutzt. Ah, Sie begreifen noch immer nicht? Ich wiederhole: Löschpapier in der Mitte, Federschale zur Linken – zur *Linken*, Japp. Aber findet man für gewöhnlich die Federschale nicht zur Rechten, griffbereit für die rechte Hand? Ah, jetzt geht Ihnen ein Licht auf, nicht wahr? Die Federschale zur *Linken* - die Armbanduhr am *rechten* Handgelenk – das verschwundene Löschblatt und etwas, das nachträglich in das Zimmer hineinpraktiziert wurde – der Aschenbecher mit den Zigarettenstummeln!

Die Luft in jenem Zimmer, Japp, roch frisch und rein, wie in einem Raum, in dem das Fenster offen gewesen war und nicht die ganze Nacht über geschlossen… Und da erstand vor meinen Augen ein Bild.»

Er drehte sich mit einem Ruck zu Jane um und sah ihr voll ins Gesicht.

«Ein Bild von Ihnen, Mademoiselle, wie Sie mit dem Taxi vorfahren, wie Sie bezahlen und die Treppe hinaufeilen und dabei vielleicht rufen: ‹Barbara›, und wie Sie dann die Tür öffnen und Ihre Freundin tot auf dem Boden liegt, die Pistole in der Hand – in der linken Hand natürlich, denn Ihre Freundin war Linkshänderin, und deshalb ist die Kugel auch in die linke Schläfe eingedrungen. Auf dem Schreibsekretär liegt ein Abschiedsbrief an Sie. Darin schreibt sie Ihnen, was sie dazu getrieben hat, sich das Leben zu nehmen. Es war, stelle ich mir vor, ein sehr bewegender Brief. Eine sanfte, junge, unglückliche Frau, durch Erpressung in den Tod getrieben …

Da kam Ihnen, stelle ich mir vor, blitzartig eine Idee. Das Ganze war die Schuld eines bestimmten Mannes. Sollte er dafür seine Strafe bekommen – seine gerechte und angemessene Strafe! Sie nehmen die Pistole, wischen sie ab und legen sie der Toten in die *rechte* Hand. Sie nehmen den Abschiedsbrief und reißen das oberste Löschblatt ab, mit dem der Brief gelöscht worden ist. Sie gehen hinunter, zünden den Kamin an und werfen beides ins Feuer. Dann bringen Sie den Aschenbecher nach oben – um den Eindruck zu erwecken, dass Ihre Freundin dort mit einem Besucher zusammensaß – und nehmen auch das abgesplitterte Stück des Manschettenknopfes mit, das Sie auf dem Fußboden gefunden haben. Ein glücklicher Umstand, der Ihrer Ansicht nach die Beweiskette schließen wird. Dann verriegeln Sie das Fenster und schließen die Tür ab. Es darf nicht der Verdacht aufkommen, dass Sie sich in dem Zimmer zu schaffen gemacht haben. Die Polizei muss es so sehen, wie es ist, daher suchen Sie nicht Hilfe bei den Nachbarn, sondern rufen sofort das Polizeirevier an.

Und so geht es weiter. Sie spielen Ihre Rolle kaltblütig und wohl überlegt. Sie lehnen es anfangs ab, etwas zu sagen, erwecken jedoch gleichzeitig geschickt Zweifel an einem Selbstmord. Später führen Sie uns sehr bereitwillig auf die Spur von Major Eustace …

Ja, Mademoiselle, ein sehr klug eingefädelter Mordplan – denn darum handelt es sich. Um den versuchten Mord an Major Eustace.»

Jane Plenderleith sprang auf.

«Nicht Mord – Gerechtigkeit! Der Mann hat die arme Barbara in den Tod gehetzt! Sie war so lieb und hilflos. Sehen Sie, die Arme hatte sich gleich zu Anfang, als sie damals nach Indien kam, in einen Mann verliebt. Sie war erst siebzehn, und er war um Jahre älter und außerdem verheiratet. Sie bekam ein Kind. Sie hätte es in ein Heim geben können, aber davon wollte sie nichts wissen. Sie fuhr weg, irgendwohin, wo sie keiner kannte, und als sie zurückkam, nannte sie sich Mrs. Allen. Dann starb das Kind. Sie kehrte nach England zurück und verliebte sich in Charles – diesen eitlen, aufgeblasenen Dummkopf! Sie betete ihn an – und er nahm ihre Anbetung als etwas Selbstverständliches hin. Wäre er eine andere Art von Mensch gewesen, so hätte ich ihr geraten, ihm alles zu erzählen. Aber so beschwor ich sie, den Mund zu halten. Schließlich wusste außer mir niemand von der ganzen Geschichte.

Und dann tauchte plötzlich dieser grässliche Eustace auf! Den Rest kennen Sie. Er begann sie systematisch zu schröpfen, doch erst an jenem letzten Abend wurde ihr klar, dass sie auch Charles dem Risiko eines Skandals aussetzte. War sie erst einmal mit Charles verheiratet, so hatte Eustace sie genau da, wo er sie haben wollte – verheiratet mit einem reichen Mann, dem vor jedem Skandal graute! Als Eustace mit dem Geld, das sie ihm besorgt hatte, gegangen war, blieb sie sitzen und dachte über alles nach. Dann ging sie nach oben und schrieb mir einen

Brief. Darin sagte sie, sie liebe Charles und könne ohne ihn nicht leben, aber um seinetwillen dürfe sie ihn nicht heiraten. Sie wähle daher den einzigen Ausweg, der ihr übrig bleibe.»

Jane schwieg einen Augenblick. Dann warf sie den Kopf in den Nacken und fuhr heftig fort. «Kann es Sie da noch wundern, dass ich so gehandelt habe? Und Sie stehen da und nennen es Mord!»

«Weil es einer ist», antwortete Poirot streng. «Ein Mord kann einem bisweilen gerechtfertigt erscheinen, aber dennoch bleibt es Mord. Sie sind eine wahrheitsliebende Frau mit klarem Verstand, Mademoiselle – seien Sie ehrlich gegen sich selbst! Ihre Freundin ist letzten Endes gestorben, weil sie nicht den Mut hatte zu leben. Wir mögen mit ihr sympathisieren. Wir mögen sie bedauern. Aber die Tatsache bleibt bestehen – sie selbst hat die Tat begangen und niemand sonst.» Er machte eine Pause. «Und Sie? Der Mann ist nun in Haft; er wird wegen anderer Delikte zu einer langen Gefängnisstrafe verurteilt werden. Wollen Sie wirklich mit voller Absicht das Leben – das Leben, wohlgemerkt – eines Menschen vernichten?»

Sie starrte ihn unverwandt an. Ihre Augen verdunkelten sich. Plötzlich murmelte sie: «Ja, Sie haben Recht. Das will ich nicht.»

Dann sprang sie auf und stürzte aus dem Zimmer. Die Wohnungstür fiel hart ins Schloss …

Japp stieß einen langen, einen sehr langen Pfiff aus.

«Donnerwetter!», sagte er.

Poirot setzte sich und lächelte ihn freundschaftlich an.

Es dauerte eine ganze Weile, ehe Japp das Schweigen brach.

«Also nicht ein als Selbstmord getarnter Mord, sondern ein Selbstmord, der wie Mord aussehen sollte!»

«Ja, und sehr geschickt gemacht dazu. Nichts war auffällig oder übertrieben.»

«Aber das Köfferchen?», fragte Japp plötzlich. «Was hatte das mit der Sache zu tun?»

«Aber mein lieber, hoch geschätzter Freund, ich sagte Ihnen doch schon, es hat nicht das geringste damit zu tun.»

«Weshalb dann ...»

«Die Golfschläger! Die Golfschläger, Japp! Es waren die Golfschläger einer *Linkshänderin.* Jane Plenderleith hatte ihre Schläger in Wentworth. Die anderen gehörten Barbara Allen. Kein Wunder, dass die junge Frau in Panik geriet, als wir den Wandschrank öffneten. Ihr ganzer Plan hätte scheitern können. Aber geistesgegenwärtig, wie sie ist, wurde ihr sofort klar, dass sie sich für einen kurzen Augenblick verraten hatte. Sie sah, was wir sahen. Also tut sie das Klügste, was ihr im Moment einfällt. Sie versucht, unsere Aufmerksamkeit auf das falsche Objekt zu lenken. Sie behauptet von dem Köfferchen: ‹Es gehört mir – ich habe es heute Morgen mitgebracht, da kann also nichts drin sein.› Und, wie sie gehofft hat, lassen Sie sich auf eine falsche Fährte locken. Aus dem gleichen Grund benützt sie am folgenden Tag als sie losfährt, um die Golfschläger fortzuschaffen, den Koffer abermals zur Irreführung.»

«Sie meinen also, ihre wirkliche Absicht war ...»

«Überlegen Sie, mein Freund. Was ist der beste Platz, um eine Tasche voll Golfschläger loszuwerden! Man kann sie weder verbrennen, noch in die Mülltonne werfen. Wenn man sie irgendwo stehenlässt, bekommt man sie womöglich wieder. Miss Plenderleith nahm sie mit auf den Golfplatz. Während sie sich zwei Schläger aus ihrer eigenen Tasche holt, lässt sie die anderen im Clubhaus. Dann geht sie ohne Caddie auf den Platz. Dort bricht sie die fremden Schläger nach und nach entzwei und wirft sie an geeigneter Stelle ins Gebüsch, und ebenso schließlich auch die leere Tasche. Sollte man später da und dort einen zerbrochenen Golfschläger finden, so würde sich kein Mensch darüber wundern. Man hat schon Leute gekannt, die in schierer Verzweiflung über eine misslungene Partie Golf alle Schläger zerbrochen und fortgeworfen haben! Das liegt nun einmal in der Natur dieses Sports!

Da Jane Plenderleith jedoch weiß, dass man sich immer noch dafür interessieren könnte, was sie tut, wirft sie zur Irreführung jenes Köfferchen in den See – auf eine Art und Weise, die Aufsehen erregt, natürlich. Und das, mein lieber Freund, ist das ganze ‹Geheimnis des kleinen Koffers›.»

Japp sah seinen Freund eine Weile schweigend an. Dann erhob er sich, klopfte Poirot auf die Schulter und brach in Gelächter aus.

«Nicht übel für einen alten Knaben wie Sie. Wirklich, Sie haben wieder einmal den Vogel abgeschossen. Kommen Sie, essen wir einen Happen zu Mittag.»

«Mit Vergnügen, mein Freund, aber nicht nur einen Happen. Vielleicht *Omelette aux Champignons*, dann *Blanquette de Veau, petits Pois à la Française* und zum Abschluss *Baba au Rhum.*»

«Führen Sie mich hin», sagte Japp.

Urlaub auf Rhodos

Hercule Poirot saß im weißen Sand und sah auf das glitzernde blaue Meer hinaus. Er wirkte sehr gepflegt in seinem dandyhaften Anzug aus weißem Flanell und mit dem breiten Panamahut. Er gehörte zu jener altmodischen Generation, die glaubte, sich sorgfältig vor der Sonne schützen zu müssen. Miss Pamela Lyall, die neben ihm saß und ununterbrochen redete, verkörperte den modernen Typ, denn sie trug nur ein äußerstes Minimum an Kleidung auf ihrer sonnengebräunten Haut.

Ab und zu versiegte ihr Redestrom, wenn sie sich mit dem öligen Inhalt einer Flasche eincremte, die neben ihr stand.

Auf der anderen Seite von Miss Pamela Lyall lag mit dem Gesicht nach unten ihre Busenfreundin Miss Sarah Blake, auf einem kühn gestreiften Tuch. Miss Blakes Bräune war absolut perfekt, und ihre Freundin warf ihr mehr als einmal einen neidischen Blick zu.

«Ich bin immer noch so fleckig», murmelte sie bedauernd. «Monsieur Poirot – wenn es Ihnen nichts ausmacht? Nur unter dem rechten Schulterblatt – ich kann mich dort nicht richtig einreiben.»

Monsieur Poirot kam der Bitte nach und wischte sich anschließend die ölige Hand sorgfältig am Taschentuch ab. Miss Lyall, deren Hauptinteresse im Leben der Beobachtung ihrer Mitmenschen und dem Klang der eigenen Stimme galt, fuhr zu reden fort.

«Ich hatte Recht mit der Frau – der in dem Chanel-Kostüm. Es ist tatsächlich Valentine Dacres – vielmehr Chantry. Sie ist wirklich wunderschön, nicht wahr? Ich kann verstehen, dass die Männer verrückt nach ihr sind. Sie erwartet das einfach und hat damit schon die halbe Schlacht gewonnen. Die andern Leute, die gestern ankamen, heißen Gold. Er sieht schrecklich gut aus.»

«Auf Hochzeitsreise?», murmelte Sarah dumpf.

Miss Lyall schüttelte wissend den Kopf.

«O nein – ihre Kleider sind dafür nicht neu genug. Daran kann man eine Braut sofort erkennen! Finden Sie nicht auch, Monsieur Poirot, dass es das Faszinierendste von der Welt ist, Menschen zu beobachten und etwas über sie in Erfahrung zu bringen?»

«Du beobachtest sie nicht nur, Liebste», sagte Sarah süß. «Du fragst sie auch ganz schön aus»

«Ich habe mit den Golds noch gar nicht gesprochen», sagte Miss Lyall indigniert. «Auf jeden Fall sehe ich nicht ein, warum man an seinen Mitmenschen nicht interessiert sein soll. Der menschliche Charakter ist so faszinierend. Finden Sie nicht auch, Monsieur Poirot?»

Diesmal schwieg sie so lange, dass ihr Nachbar antworten konnte.

Ohne seinen Blick vom blauen Wasser zu wenden, antwortete Monsieur Poirot:

«Ça dépend.»

Pamela war entsetzt.

«O Monsieur Poirot! Ich finde, nichts ist interessanter und so unberechenbar wie der Mensch!»

«Unberechenbar? Nein.»

«Ich finde doch. Gerade dann, wenn man meint, man kennt ihn, tut er etwas völlig Unerwartetes.»

Hercule Poirot schüttelte den Kopf.

«Nein, nein, das ist nicht wahr. Es ist sehr selten, dass jemand etwas tut, das nicht *dans son caractère* liegt. Mit der Zeit ist es langweilig.»

«Ich bin da gar nicht mit Ihnen einverstanden!», erklärte Miss Pamela Lyall.

Sie schwieg beinah anderthalb Minuten lang, bevor sie zur nächsten Attacke ansetzte.

«Sobald ich Menschen sehe, frage ich mich, wie sie wohl sind – in welcher Beziehung sie zueinander stehen, was sie denken und fühlen. Oh, es ist so aufregend.»

«Selten», entgegnete Hercule Poirot. «Der Mensch wiederholt sich öfter, als man glaubt. Das Meer hat unendlich viel mehr Variationen», fügte er nachdenklich hinzu.

«Glauben Sie, dass die Menschen dazu neigen, gewisse Verhaltensmuster zu wiederholen? Immer wieder die gleichen?»

«Précisément», sagte Poirot und zeichnete mit dem Finger eine Figur in den Sand.

«Was zeichnen Sie da?», fragte Pamela neugierig.

«Ein Dreieck.»

Aber Pamelas Interesse war schon wieder abgelenkt.

«Da sind die Chantrys.»

Eine Frau kam zum Strand herunter – groß und sehr selbstbewusst. Sie nickte kurz, wobei sie lächelte, und setzte sich etwas abseits. Das rot-goldene Seidentuch glitt ihr von den Schultern. Sie trug einen weißen Badeanzug.

Pamela seufzte.

«Hat sie nicht eine schöne Figur?»

Aber Poirot betrachtete ihr Gesicht – das Gesicht einer Frau von neununddreißig, die sich seit ihrem sechzehnten Lebensjahr ihrer Schönheit bewusst war.

Wie alle Welt wusste auch er über Valentine Chantry Bescheid. Sie war für vieles berühmt – für ihre Launen, ihren Reichtum, ihre riesigen saphirblauen Augen, ihre Abenteuer. Sie hatte eine Menge Ehemänner und zahllose Liebhaber gehabt. Sie war mit einem italienischen Grafen, einem amerikanischen Stahlmagnaten, einem Tennislehrer und einem Rennfahrer verheiratet gewesen. Von diesen vieren war der Amerikaner gestorben, die andern hatte sie irgendwann beim Scheidungsrichter abgelegt. Vor sechs Monaten hatte sie zum fünften Mal geheiratet, einen Marinekapitän.

Er kam hinter ihr zum Strand herunter. Schweigend, düster – mit sehr energischem Kinn und mürrischem Gesicht. Er hatte etwas von einem Urweltaffen an sich.

Sie sagte:

«Tony, Liebster – mein Zigarettenetui ...»

Er hielt es ihr hin – gab ihr Feuer – half ihr, die Träger ihres weißen Badeanzugs von den Schultern zu streifen. Mit ausgebreiteten Armen lag sie in der Sonne. Er saß neben ihr wie ein wildes Tier, das seine Beute bewacht.

Pamela sagte etwas leiser:

«Wissen Sie, die beiden interessieren mich schrecklich ... Er ist so ein Primitiver! So schweigsam und – irgendwie lauernd. Wahrscheinlich hat eine Frau wie sie das gern. Es muss wie Tigerbändigen sein. Ich frage mich, wie lange das hält. Sie hat sie immer bald satt, vor allem neuerdings. Wenn sie versucht, ihn loszuwerden, könnte er gefährlich werden.»

Ein weiteres Paar kam zum Strand herunter – ziemlich schüchtern. Es waren die Neuankömmlinge vom Vorabend, Mr. Douglas Gold und seine Frau, wie Miss Lyall bei ihrer Inspektion des Hotelregisters herausgefunden hatte. Sie wusste auch – weil die italienischen Gesetze das verlangten – Vornamen und Alter, wie man sie vom Pass ins Register eingetragen hatte. Mr. Douglas Cameron Gold war einunddreißig, Mrs. Marjorie Emma Gold fünfunddreißig.

Miss Lyalls Hobby war, wie gesagt, das Studium der Menschen. Im Gegensatz zu den meisten Engländern war sie fähig, Fremde sofort anzusprechen, und wartete nicht vier Tage bis eine Woche, um den ersten zaghaften Vorstoß zu wagen, wie es in England üblich ist. Als sie daher das leichte Zögern und Mrs. Golds Schüchternheit bemerkte, rief sie:

«Guten Morgen. Ein herrlicher Tag, nicht wahr?»

Mrs. Gold war eine kleine Frau – unscheinbar wie eine Maus. Sie sah nicht schlecht aus, ihre Züge waren regelmäßig und ihre Gesichtsfarbe rosig. Aber sie hatte etwas Misstrauisches und Unauffälliges, so dass man sie leicht übersah. Ihr Mann dagegen sah auffallend gut aus auf fast theatralische Art: sehr blond, mit dichtem Lockenhaar, blaue Augen, breite Schultern, schmale Hüften. Er wirkte eher wie ein jugendlicher Liebhaber auf der Bühne als im wirklichen Leben, aber sobald er den Mund aufmachte, verschwand dieser Eindruck. Er war ganz natürlich und nicht eingebildet, ja, vielleicht sogar ein wenig dumm.

Mrs. Gold sah Pamela dankbar an und setzte sich neben sie.

«Sind Sie schön braun! Ich fühle mich dagegen ganz minderwertig!»

«Man muss sich schrecklich viel Mühe geben, um gleichmäßig braun zu werden», seufzte Miss Lyall.

Sie schwieg ein Weilchen und fuhr dann fort:

«Sie sind erst angekommen, nicht wahr?»

«Ja, gestern Abend. Wir kamen mit dem Dampfer aus Italien.»

«Waren Sie früher schon mal auf Rhodos?»

«Nein. Es ist hübsch hier, nicht?»

«Schade, dass es so weit weg ist», bemerkte ihr Mann.

«Ja, wenn es doch näher bei England wäre –»

«Wie schrecklich», bemerkte Sarah dumpf von ihrer Decke her. «Dann lägen die Leute Mensch an Mensch, so eng wie die Fische in der Dose.»

«Das stimmt natürlich», gab Douglas Gold zu. «Wie unangenehm, dass der italienische Kurs im Augenblick so hoch ist.»

«Es macht viel aus, nicht wahr»

Die Unterhaltung folgte genau dem konventionellen Muster. Man hätte sie wirklich nicht als brillant bezeichnen können. Etwas entfernt von ihnen setzte Valentine Chantry sich auf. Mit der einen Hand hielt sie den Badeanzug über der Brust zusammen. Sie gähnte, ein breites und doch zartes, katzenhaftes Gähnen, und dann sah sie gleichgültig den Strand entlang. Ihre Augen glitten über Marjorie Gold hin – und blieben nachdenklich an Douglas Golds blondem Lockenkopf hängen. Sie bewegte geschmeidig die Schultern und sagte, etwas lauter als nötig:

«Tony, Liebster, ist sie nicht herrlich – die Sonne? Ich bin früher sicher einmal eine Sonnenanbeterin gewesen, glaubst du nicht auch?»

Ihr Mann brummte eine Antwort, die die anderen nicht verstehen konnten. Valentine Chantry fuhr mit ihrer hohen, schleppenden Stimme fort:

«Bitte, zieh doch das Handtuch gerader, ja, Liebster?»

Sie nahm sich unendlich viel Mühe, ihren schönen Körper wieder in die richtige Lage zu bringen. Douglas Gold sah jetzt zu ihr hin. Sein Blick war höchst interessiert.

«Was für eine schöne Frau!», zwitscherte Mrs. Gold heiter, zu Miss Lyall gewandt.

Pamela war ebenso froh, Informationen weitergeben zu können wie zu erhalten, und antwortete daher, ziemlich leise:

«Das ist Valentine Chantry, Sie wissen schon, die ehemalige Dacres. Sie ist wirklich wunderschön. Er ist ganz verrückt nach ihr – lässt sie keinen Moment aus den Augen.»

Mrs. Gold sah wieder den Strand entlang. «Das Meer ist herrlich, so blau!», sagte sie. «Ich glaube, wir sollten jetzt hineingehen, meinst du nicht auch, Douglas?»

Er sah immer noch zu Valentine Chantry und brauchte eine Weile für seine Antwort.

«Hineingehen? Ja, schon, gleich», erwiderte er dann ziemlich geistesabwesend.

Marjorie Gold stand auf und lief zum Wasser.

Valentine Chantry drehte sich ein wenig zur Seite und sah Douglas Gold an. Ihr roter Mund verzog sich zu einem kleinen Lächeln.

Douglas Golds Nacken lief etwas rot an.

«Tony, Lieber», sagte Valentine, «macht es dir etwas aus? Ich hätte gern den kleinen Topf Gesichtscreme, er steht auf meinem Frisiertisch. Ich wollte ihn mitnehmen. Bitte, hol ihn doch – sei ein Engel!»

Der Kapitän erhob sich gehorsam und stapfte zum Hotel.

Marjorie Gold tauchte ins Wasser und rief: «Es ist wunderbar, Douglas. So warm! Komm doch!»

«Gehen Sie nicht rein?», fragte Pamela Lyall.

«Ich heize mich lieber erst noch etwas auf», antwortete Mr. Gold vage.

Valentine bewegte sich. Sie hob den Kopf, als wolle sie ihrem Mann etwas nachrufen, doch er verschwand gerade hinter der Mauer des Hotelgartens.

«Am liebsten gehe ich erst zum Schluss ins Wasser», erklärte Gold.

Mrs. Chantry setzte sich wieder auf und ergriff eine Flasche Sonnenöl. Sie hatte etwas Mühe mit dem Öffnen – der Deckel schien sich all ihren Anstrengungen zu widersetzen. «Mein Gott, ich krieg's nicht auf!», sagt sie laut. Dann sah sie zu der Gruppe hinüber. «Könnte vielleicht…»

Galant wie immer erhob sich Poirot, doch Douglas Gold hatte den Vorteil auf seiner Seite, jünger und beweglicher zu sein. Im Handumdrehen war er bei ihr.

«Darf ich Ihnen helfen?»

«O danke…» Wieder dieses süße, träge Schleppen der Stimme. «Sie sind wirklich sehr freundlich! Ich bin so ungeschickt in solchen Dingen. Ich schraube sie immer verkehrt zu. Oh, Sie haben es geschafft? Vielen Dank…»

Hercule Poirot lächelte in sich hinein.

Er stand auf und wanderte in der entgegengesetzten Richtung am Meer entlang. Er ging nicht weit und sehr gemächlich. Als er umdrehte, kam Mrs. Gold aus dem Wasser und gesellte sich zu ihm. Sie war geschwommen, Ihr Gesicht, eingerahmt von einer besonders unvorteilhaften Badekappe, strahlte.

«Ich liebe das Meer!», rief sie atemlos. «Es ist so warm und schön hier!»

Sie war eine begeisterte Schwimmerin, wie Poirot feststellte.

«Douglas und ich sind völlig verrückt aufs Schwimmen. Er kann stundenlang im Wasser bleiben.»

Während ihrer letzten Worte glitt Poirots Blick über ihre Schulter hinweg zu jenem Punkt am Strand, wo der begeisterte Schwimmer, Mr. Douglas Gold, saß und sich mit Valentine unterhielt.

«Ich verstehe gar nicht, warum er nicht mitgekommen ist...», sagte seine Frau. In ihrer Stimme klang eine Art kindlichen Staunens mit.

Poirots Augen ruhten nachdenklich auf Valentine Chantry. Ihm fiel ein, dass schon andere Frauen zu ihrer Zeit die gleiche Bemerkung gemacht hatten.

Er hörte, wie Mrs. Gold neben ihm scharf den Atem einzog.

«Sie gilt ja wohl als sehr attraktiv», sagte sie kühl. «Aber Douglas macht sich nichts aus diesem Typ Frau.»

Poirot antwortete nicht.

Mrs. Gold stürzte sich wieder ins Wasser und schwamm in langen, ruhigen Zügen vom Strand weg. Man konnte sehen, dass sie das Wasser liebte.

Poirot kehrte zu der Gruppe im Sand zurück.

Sie hatte sich jetzt vergrößert durch das Erscheinen von General Barnes, einem Veteranen, der gern mit jungen Menschen zusammen war. Er saß zwischen Pamela und Sarah. Mit sichtlichem Vergnügen waren Pamela und er damit beschäftigt, sich Skandalgeschichten zu erzählen und sie in allen Einzelheiten auszuschmücken.

Kapitän Chantry war zurückgekehrt und saß wieder neben seiner Frau. Auf ihrer anderen Seite saß Gold.

Valentine saß sehr gerade zwischen den beiden Männern und redete. Sie sprach schnell und lebhaft und wandte sich mit ihrer süßen Stimme bald an den einen, bald an den anderen. Sie war gerade beim Ende einer Geschichte.

«– und was glaubt ihr, sagte der verrückte Mann? ‹Es war vielleicht nur eine Minute, aber ich würde mich überall an Sie erinnern, Madam!› Nicht wahr, Tony, es stimmt doch? Ich fand ihn süß! Ich finde, die Welt ist so freundlich … ich meine, alle Leute sind immer schrecklich nett zu mir, ich weiß nicht, warum … sie sind einfach so. Aber, wie ich zu Tony sagte – erinnerst du dich, Liebster? ‹Tony, wenn du nur ein winziges bisschen eifersüchtig sein könnest, dann auf diesen Träger.› Denn er war wirklich reizend!»

Es entstand eine Pause.

«Unter den Trägern gibt es gute Typen», sagte Douglas Gold dann.

«Ja. Er gab sich solche Mühe, wirklich, enorm viel Mühe … und es schien ihm direkt Spaß zu machen, mir zu helfen …»

«Das ist nichts Ungewöhnliches», meinte Gold. «Jeder würde Ihnen helfen, da bin ich sicher.»

«Wie nett von Ihnen, das zu sagen!», rief sie erfreut. «Tony, hast du das gehört?»

Kapitän Chantry brummte nur etwas Unverständliches.

Seine Frau seufzte.

«Tony macht mir nie Komplimente… nicht wahr, mein Schäfchen?»

Ihre weiße Hand mit den langen roten Nägeln fuhr ihm durch das dunkle Haar.

Chantry warf ihr plötzlich einen Seitenblick zu. Sie murmelte: «Ich weiß wirklich nicht, wie er es mit mir aushält. Er ist einfach schrecklich klug… hat soviel Verstand! Und ich rede immer nur Unsinn, aber es scheint ihm nichts auszumachen. Niemand nimmt mir übel, was ich tue oder sage… alle Leute verwöhnen mich. Manchmal denke ich, so was bekommt mir nicht.»

Kapitän Chantry sagte über den Kopf seiner Frau hinweg zu Gold: «Ist das dort draußen im Meer nicht Ihre Frau?»

«Ja. Es wird wohl Zeit, dass ich mich um sie kümmere.»

«Aber es ist so hübsch hier in der Sonne», sagte Valentine leise. «Sie brauchen noch nicht ins Wasser zu gehen. Tony, Liebling, ich glaube nicht, dass ich heute schon bade – nicht am ersten Tag. Ich könnte mich erkälten oder so. Aber warum gehst du nicht hinein, Liebling? Mr. – Mr. Gold wird hier bleiben und mir Gesellschaft leisten, nicht wahr, Mr. Gold?»

«Nein, danke!», antwortete Chantry etwas wütend. «Noch nicht. Ihre Frau scheint Ihnen zu winken, Gold.»

«Wie gut Ihre Frau schwimmen kann», sagte Valentine. «Sicher gehört sie zu diesen schrecklich tüchtigen Wesen, die immer alles können. Sie schüchtern mich so ein, weil ich spüre, dass sie mich verachten. Ich bin so schrecklich ungeschickt in allem – eine absolute Null, nicht wahr, Tony?»

Wieder brummte der Kapitän nur etwas Unverständliches.

«Du bist zu liebenswürdig, um es zuzugeben», fuhr seine Frau zärtlich fort. «Männer sind so wunderbar loyal – das mag ich an ihnen. Ich finde wirklich, dass Männer viel loyaler sind als Frauen, sie sagen nie hässliche Sachen. Frauen sind so kleinlich!»

Sarah Blake rollte sich zur Seite und flüsterte Poirot zwischen den Zähnen zu:

«Anscheinend ist es ein Zeichen von Kleinlichkeit, sich vorzustellen, dass die liebe Mrs. Chantry nicht in jeder Hinsicht absolut vollkommen ist! Was für ein Dummkopf diese Frau ist! Ich glaube, Valentine Chantry ist die dümmste Frau, die mir je begegnet ist. Sie kann nur immer sagen ‹Tony, Liebling› und die Augen rollen. Die hat nur Watte im Kopf.»

Poirot hob seine ausdrucksvollen Augen. *«Un peu sévère!»*

«Ja, ja. Legen Sie es nur als Neid aus, wenn Sie wollen. Natürlich macht sie es sehr geschickt. Aber kann sie *keinen* Mann in Ruhe lassen? Ihr eigener sieht aus wie ein Gewitter.»

«Mrs. Gold schwimmt gut», sagte Poirot, aufs Meer hinausblickend.

«Ja, sie ist nicht wie wir, die es lästig finden, nass zu werden.»

Ich frage mich, ob Mrs. Chantry je ins Wasser geht, solange wir hier sind.»

«Sicherlich nicht», bemerkte General Barnes rau. «Sie wird es nicht riskieren, dass sich ihr Make-up verwischt. Aber sie ist trotzdem eine sehr schöne Frau, wenn auch nicht mehr ganz neu.»

«Sie sieht zu Ihnen her, General», sagte Sarah schelmisch.

«Und was das Make-up betrifft, da täuschen Sie sich: Heutzutage sind wir alle wasser- und kussecht.»

«Mrs. Gold kommt heraus», verkündete Pamela.

«Fuchs, du hast die Gans gestohlen, gib sie wieder her –», summte Sarah.

Mrs. Gold kam direkt den Strand herauf. Sie hatte eine hübsche Figur, aber ihre glatte, wasserdichte Badekappe sah wirklich nur praktisch und unvorteilhaft aus.

«Warum kommst du nicht, Douglas?», fragte sie ungeduldig. «Das Meer ist herrlich und warm.»

«Sicher.»

Douglas Gold erhob sich hastig. Er hielt einen Augenblick inne, und Valentine Chantry sah mit einem süßen Lächeln zu ihm auf.

«*Au revoir*», sagte sie.

Gold und seine Frau gingen ins Wasser.

Sobald sie außer Hörweite waren, bemerkte Pamela kritisch: «Ich glaube nicht, dass das klug war. Einer Frau den Ehemann wegzunehmen, ist immer schlechte Politik. Es wirkt so besitzergreifend. Und Ehemänner hassen das.»

«Sie scheinen ja von Ehemännern viel zu verstehen, Miss Pamela», sagte General Barnes.

«Von denen anderer Leute – nicht von meinem eigenen!»

«Aha! Das ist ein Unterschied.»

«Ja, General, aber so habe ich schon viele Spielregeln kennen gelernt.»

«Nun», bemerkte Sarah, «ich würde schon mal auf keinen Fall so eine Badekappe tragen ...»

«Die ist doch sehr vernünftig», sagte der General. «Scheint überhaupt eine nette, vernünftige kleine Frau zu sein.»

«Das ist sie bestimmt, General», antwortete Sarah. «Aber Sie wissen, dass die Vernunft einer vernünftigen Frau ihre Grenzen hat. Ich habe das Gefühl, sie wird nicht so vernünftig sein, wenn es sich um Valentine Chantry handelt.»

Sie wandte den Kopf und fügte leise hinzu:

«Seht ihn euch an! Ist der wütend! Er macht den Eindruck, als hätte er ein gefährliches Temperament ...»

Kapitän Chantry sah tatsächlich grollend hinter dem Ehepaar her, auf eine höchst unangenehme Weise.

Pamela sah zu Poirot auf. «Nun? Welchen Vers machen Sie sich drauf?»

Hercule Poirot antwortete nicht, sondern zeichnete nur eine Figur in den Sand. Wieder das Dreieck.

«Das ewige Dreieck!», sagte Pamela nachdenklich. «Vielleicht haben Sie Recht. Falls es stimmt, werden die nächsten Wochen ganz schön aufregend sein.»

Hercule Poirot war von Rhodos enttäuscht. Er war zum Urlaub machen hergekommen und um sich zu erholen. Vor allem vom Verbrechen. Im späten Oktober, hatte man ihm versichert, sei Rhodos fast menschenleer, ein friedliches, abgeschiedenes Fleckchen Erde.

Das stimmte eigentlich auch. Die Chantrys, die Golds, Pamela und Sarah, der General, er selbst und zwei italienische Ehepaare waren die einzigen Gäste. Aber innerhalb dieses kleinen Kreises glaubte sein kluger Verstand bereits die ersten Schatten zu sehen, die ein unvermeidliches Drama vorauswarf.

«Ich denke nur noch an Verbrechen», schimpfte er sich aus. «Ich habe eine schlechte Verdauung und bilde mir schon die seltsamsten Dinge ein.»

Trotzdem – er machte sich Sorgen.

Eines Morgens kam er auf die Terrasse hinunter und stieß dort auf Mrs. Gold, die stickte. Während er auf sie zuschritt, glaubte er ein Batisttaschentuch aufblitzen zu sehen, das Mrs. Gold hastig wegsteckte.

Mrs. Golds Augen waren trocken, glänzten aber verdächtig. Ihr Benehmen kam ihm etwas zu fröhlich vor. Die Heiterkeit wirkte eine Spur übertrieben.

«Guten Morgen, Monsieur Poirot!», rief sie so gezwungen munter, dass ihm Zweifel kamen.

Er merkte, dass sie keineswegs so erfreut über sein Erscheinen war, wie sie tat. Schließlich kannte sie ihn nicht besonders gut. Und obwohl Hercule Poirot ein eingebildeter kleiner Mann war, wenn es um seinen Beruf ging, so war er sehr bescheiden, was die Einschätzung seiner privaten Vorzüge anbetraf.

«Guten Morgen, Madame», antwortete er. «Wieder ein herrlicher Tag.»

«Ja, wie schön. Aber Douglas und ich haben mit dem Wetter immer Glück.»

«Ach, tatsächlich?»

«Ja. Wir haben überhaupt viel Glück. Wissen Sie, Monsieur Poirot, wenn man soviel Sorgen und Unglück sieht, so viele Ehepaare, die sich scheiden lassen und so, nun, dann ist man dankbar, dass man selbst so glücklich ist.»

«Was für eine Freude, das zu hören, Madame.»

«Ja, Douglas und ich sind so schrecklich glücklich zusammen. Wir sind jetzt seit fünf Jahren verheiratet, wissen Sie, und das ist heute eine lange Zeit …»

«Zweifellos kann das manchmal eine Ewigkeit sein, Madame», erwiderte Poirot trocken.

«Doch eigentlich glaube ich, dass wir heute glücklicher sind als am Anfang unserer Ehe. Wir passen so gut zusammen, in jeder Beziehung.»

«Das ist natürlich die Hauptsache.»

«Darum tun mir die Leute Leid, die nicht glücklich sind.»

«Sie meinen …»

«Ich spreche ganz allgemein, Monsieur Poirot.»

«Ich verstehe. Ich verstehe.»

Mrs. Gold nahm einen Strang Seide, hielt ihn ins Licht, nickte und sagte: «Zum Beispiel Mrs. Chantry …»

«Ja?»

«Ich glaube, sie ist keine nette Frau.»

«Nun, vielleicht nicht.»

«Eigentlich bin ich mir sogar sehr sicher. Aber auf gewisse Weise kann sie einem Leid tun. Trotz ihres Geldes, ihres guten Aussehens und so weiter …» Mrs. Golds Finger zitterten so, dass sie nicht einfädeln konnte, «… gehört sie nicht zu den Frauen, bei denen die Männer auf die Dauer bleiben. Sie ist der Typ, den Männer schnell satt bekommen. Glauben Sie nicht auch?»

«Mich persönlich würde ihre Unterhaltung über kurz oder lang ermüden», erwiderte Poirot vorsichtig.

«Ja, eben das meine ich! Natürlich hat sie so etwas Gewisses ...» Mrs. Gold zögerte, ihre Lippen zitterten, sie fuhr mit der Nadel unsicher durch die Luft. Auch ein nicht so genauer Beobachter wie Hercule Poirot hätte jetzt ihren Kummer bemerken müssen.

«Männer sind solche Kinder!», rief sie übergangslos. «Sie glauben immer *alles* ...»

Sie beugte sich über ihre Arbeit. Ein kleiner Zipfel des Batisttaschentuchs blitzte dabei wieder auf.

Es war wohl besser, das Thema zu wechseln, überlegte Poirot. Deshalb fragte er:

«Schwimmen Sie heute Vormittag nicht? Und Ihr Mann, ist er unten am Strand?»

Mrs. Gold sah auf, blinzelte, nahm sich zusammen und sagte in beinahe trotzig heiterem Ton:

«Nein, heute Morgen nicht. Wir wollten die alte Stadtmauer besichtigen gehen. Aber irgendwie scheinen wir uns verpasst zu haben. Sie sind weg ohne mich.»

Das «Sie» war bedeutsam, doch ehe Poirot antworten konnte, kam General Barnes vom Strand herauf und ließ sich in einen Sessel fallen.

«Guten Morgen, Mrs. Gold. Guten Morgen, Poirot. Sie sind desertiert, Sie beide. Es fehlen eine Menge – Sie beide und Ihr Mann, Mrs. Gold – und Mrs. Chantry.»

«Und Kapitän Chantry?», fragte Poirot harmlos.

«Nein, nein, der ist unten am Strand. Miss Pamela hat ihn mit Beschlag belegt.» Der General kicherte. «Sie findet, dass er etwas schwierig ist. Einer von den starken, schweigsamen Typen, von denen man immer in Romanen liest.»

«Er macht mir Angst, dieser Mann», sagte Marjorie Gold und erschauerte leicht. «Er – er sieht manchmal so düster aus. Als – als ob er zu allem fähig wäre.»

«Nur Verdauungsbeschwerden nehme ich an», meinte der General munter. «Die sind häufig die Ursache für romantische melancholische Anfälle oder Wutausbrüche.»

Marjorie Gold lächelte ein höfliches kleines Lächeln.

«Und wo ist Ihr lieber Mann?», fragte der General.

Sie antwortete ohne zu zögern – mit natürlicher, fröhlicher Stimme.

«Douglas? Ach, er ist mit Mrs. Chantry in die Stadt gegangen. Ich glaube, sie wollten die alte Stadtmauer besichtigen.».

«Ha, ja, sehr interessant. Die Zeit der edlen Ritter und so weiter. Sie hätten mitgehen sollen, meine kleine Dame.»

«Ich fürchte, ich war etwas zu spät dran.»

Plötzlich stand Mrs. Gold mit einer gemurmelten Entschuldigung auf und lief ins Hotel.

General Barnes sah ihr mit besorgtem Gesicht nach und schüttelte leicht den Kopf.

«So eine nette kleine Frau. Zehnmal mehr wert als die bemalten Puppen. Doch wir wollen keine Namen nennen. Ha! Ihr Mann ist ein Dummkopf! Er weiß gar nicht, wie gut er es hat.» Er schüttelte wieder den Kopf. Dann stand er auf und verschwand im Innern des Hauses.

Sarah Blake, die vom Strand heraufkam, hatte die letzten Worte des Generals gehört. Während sie dem Rücken des abmarschierenden alten Kriegers eine Grimasse schnitt, ließ sie sich in einen Sessel fallen.

«Nette kleine Frau ... nette kleine Frau!», rief sie. «Die Männer mögen unscheinbare Frauen – aber wenn es um die Hauptsache geht, gewinnen immer die aufgedonnerten Puppen, ohne auch nur einen Finger zu rühren. Traurig, aber wahr!»

«Mademoiselle», sagte Poirot. Seine Stimme klang brüsk. «So was schätze ich nicht.»

«Nein? Ich auch nicht. Ach, seien wir ehrlich, wahrscheinlich gefällt mir so was doch. Man hat auch eine schlechte Seite, die sich freut, wenn Freunde Unfälle oder Pech haben oder ihnen was Unangenehmes zustößt.»

«Wo steckt denn Kapitän Chantry?», fragte Poirot.

«Am Strand, wo ihn Pamela auseinander nimmt. Und es genießt, falls Sie es wissen wollen. Seine Laune wird dadurch nicht besser. Er sah wieder aus wie ein Gewitter. Da gibt's noch Krach, das können Sie mir glauben.»

«Etwas verstehe ich einfach nicht ...», brummte Poirot.

«Zu verstehen ist es ganz leicht», sagte Sarah. «Aber was passiert – das ist die Frage.»

Poirot schüttelte den Kopf.

«Wie Sie sagen, Mademoiselle, es ist die Zukunft, die mich beunruhigt.»

«Das haben Sie hübsch gesagt», meinte Sarah und ging hinein.

Unter der Tür stieß sie mit Gold zusammen. Der junge Mann sah sehr zufrieden mit sich aus, wirkte aber gleichzeitig leicht schuldbewusst.

«Hallo, Monsieur Poirot», sagte er und fügte selbstsicher hinzu: «Ich habe Mrs. Chantry die Mauern aus der Ritterzeit gezeigt. Marjorie hatte keine Lust, mitzukommen.»

Poirots Brauen hoben sich etwas, aber selbst wenn er gewollt hätte, wäre ihm keine Zeit für eine Antwort geblieben. Valentine Chantry fegte auf die Terrasse und rief mit ihrer hellen Stimme:

«Douglas, einen Pink Gin! Wirklich, ich brauche dringend einen Pink Gin!»

Douglas Gold verschwand, um den Cocktail zu bestellen. Valentine sank neben Poirot in einen Sessel. An diesem Vormittag wirkte sie besonders strahlend.

Als sie sah, dass ihr Mann und Pamela vom Strand heraufkamen, winkte sie ihnen zu und rief:

«Bist du schön geschwommen, Tony, Liebster? Ist der Morgen nicht herrlich?»

Kapitän Chantry antwortete nicht. Er eilte die Stufen hinauf, ging schweigend, ohne sie eines Blickes zu würdigen, vorbei und verschwand in der Bar. Seine Hände waren geballt, was seine leichte Ähnlichkeit mit einem Gorilla noch verstärkte. Valentine Chantrys vollkommener, doch etwas dümmlich wirkender Mund klappte auf. «Oh!», sagte sie ziemlich geistlos.

Pamela Lyalls Gesicht verriet, dass sie die Situation sehr genoss. Sie verstellte sich, so gut ihr das bei ihrer Einfallslosigkeit möglich war, setzte sich zu Valentine Chantry und fragte: «Haben Sie einen schönen Vormittag verbracht?»

Während Valentine antwortete: «Einfach herrlich. Wir...» stand Poirot auf und schlenderte seinerseits langsam auf die Bar zu. Der junge Gold stand mit gerötetem

Gesicht an der Theke und wartete auf seinen Pink Gin. Er wirkte beunruhigt und wütend.

«Der Mann ist ein Rohling!», sagte er zu Poirot und wies mit dem Kopf in die Richtung, in der Kapitän Chantry gerade verschwand.

«Möglich», sagte Poirot. «Ja, das ist gut möglich. Aber die Frauen, *les femmes*, ihnen gefallen sie, denken Sie immer daran.»

«Es würde mich nicht wundern, wenn er sie misshandelte», brummte Gold.

«Vielleicht gefällt ihr das auch.»

Gold starrte ihn verblüfft an, nahm das Glas mit dem Pink Gin und ging hinaus.

Hercule Poirot schob sich auf einen Barhocker und bestellte einen *sirop de cassis.* Während er ihn mit begeisterten Seufzern schlürfte, kam Chantry herein und trank rasch hintereinander mehrere Pink Gin.

Plötzlich rief er wütend, mehr ins Leere gesprochen, als an Hercule Poirots Adresse:

«Wenn Valentine glaubt, sie kann mich loswerden wie die vielen anderen Idioten, dann täuscht sie sich. Sie gehört mir, und ich werde sie behalten. Ein anderer bekommt sie nicht – nur über meine Leiche.»

Er warf ein paar Geldstücke auf die Theke, machte auf dem Absatz kehrt und lief hinaus.

Drei Tage später fuhr Hercule Poirot auf den Berg des Propheten. Es war eine kühle, angenehme Fahrt durch goldgrüne Fichten, höher und immer höher hinauf, weit über das kleinliche Gewimmel der Menschen hinaus. Der Wagen hielt vor dem Restaurant. Poirot stieg aus und wanderte durch den Wald. Schließlich erreichte er eine Stelle, die tatsächlich der höchste Punkt der Erde zu sein schien. Tief unter ihm schimmerte das Meer in gleißendem Blau.

Hier hatte er endlich Ruhe – fern von allen Sorgen, hoch über der Welt. Er faltete seinen Mantel ordentlich zusammen, legte ihn auf einen Baumstumpf und setzte sich.

«Zweifellos weiß *le bon Dieu*, was er tut. Aber es ist komisch, dass er es sich gestattet hat, gewisse menschliche Wesen zu erschaffen. *Eh bien*, hier bin ich wenigstens für eine Weile weg von allen quälenden Fragen.» So oder ähnlich überlegte er.

Plötzlich fuhr er herum. Eine kleine Frau in braunem Mantel und Rock kam auf ihn zugelaufen. Es war Marjorie Gold, und diesmal verstellte sie sich nicht mehr. Ihr Gesicht war nass von Tränen.

Für Poirot gab es kein Entkommen. Schon stand sie vor ihm. «Sie müssen mir helfen, Monsieur Poirot! Mir ist so elend zumute, und ich weiß nicht, was ich tun soll. Ach, was mache ich nur? Was mache ich nur?»

Sie sah ihn mit gequältem Gesicht an und klammerte sich an seinen Ärmel. Dann, als sie seine abweisende Miene sah, wich sie betroffen ein wenig zurück.

«Was – was haben Sie?», stammelte sie.

«Wollen Sie meinen Rat, Madame? Fragen Sie mich um Rat?»

«Ja … ja …»

«*Eh bien* – ich geben ihn Ihnen.» Seine Stimme war schneidend. «Verlassen Sie die Insel - *ehe es zu spät ist*.»

«Wie bitte?» Sie starrte ihn verblüfft an.

«Sie haben es gehört. Verlassen Sie die Insel.»

«Die Insel verlassen?», echote sie.

«Genau das sagte ich.»

«Aber warum – warum?»

«Das ist mein Rat – *wenn Ihnen Ihr Leben lieb ist.*»

Sie seufzte. «Was meinen Sie damit?», rief sie. «Sie jagen mir Angst ein – ja, Sie machen mir Angst.»

«Genau das ist meine Absicht.»

Sie sank zu Boden und vergrub das Gesicht in den Händen.

«Aber das ist unmöglich! Er kommt nicht mit! Douglas würde nicht mitkommen. Sie würde es nicht zulassen. Sie hat zu viel Macht über ihn – über seinen Körper und seine Seele. Er duldet nicht, dass man etwas gegen sie sagt. Er glaubt ihr jedes Wort – alles! Dass ihr Mann sie schlecht behandelt… dass er sie missversteht, dass sie wehrlos ist… dass kein Mensch sie versteht. Er denkt schon gar nicht mehr an mich… ich zähle nicht… ich existiere für ihn nicht mehr. Ich soll ihm seine Freiheit wiedergeben, mich scheiden lassen. Er bildet sich ein, dass sie sich scheiden lässt und ihn dann heiratet. Aber ich glaube… Chantry wird sie nie hergeben. Er ist nicht der Typ. Gestern Abend zeigte sie Douglas die Druckstellen auf ihrem Arm… angeblich hat ihr Mann es getan. Douglas war außer sich. Er ist so ritterlich… ach, ich habe solche Angst! Was soll bloß werden? Sagen Sie mir, was ich tun soll!»

Hercule Poirot stand da und blickte über das Wasser bis zu der blauen Linie der Hügel des asiatischen Festlands.

«Das sagte ich schon. Verlassen Sie die Insel, *ehe es zu spät ist.*»

Sie schüttelte den Kopf.

«Ich kann nicht – ich kann nicht… nur wegen Douglas…»

Poirot seufzte und zuckte mit den Schultern.

«Das Dreieck wird immer deutlicher», sagte Pamela Lyall nicht ohne eine gewisse Befriedigung. Sie und Hercule Poirot saßen am Strand. «Gestern Abend, als die drei zusammen waren, belauerten sich die Männer ständig. Chantry hatte zu viel getrunken. Er hat Gold richtig beleidigt. Gold benahm sich sehr ordentlich und verlor nicht die Beherrschung. Diese Valentine genoss die Situation, klar. Schnurrte wie eine menschenfressende Tigerin, und das ist sie ja auch. Was glauben Sie, Monsieur Poirot – was passiert nun weiter?»

«Ich fürchte, ich fürchte…» Poirot schüttelte den Kopf.

«Ja, ja, wir alle machen uns Sorgen», antwortete Miss Lyall scheinheilig. Und fügte hinzu: «Aber die Sache fällt mehr in *Ihr* Fach. Oder vielmehr *wird* in Ihr Fach fallen. Können Sie denn nichts unternehmen?»

«Ich habe getan, was in meiner Macht steht.»

Miss Lyall beugte sich eifrig vor. «Was haben Sie denn unternommen?», fragte sie mit einem angenehmen Schauder.

«Ich riet Mrs. Gold abzufahren, ehe es zu spät sei.»

«Hm – aha – Sie glauben also…» Sie schwieg.

«Nun, Mademoiselle?»

«Also, Sie glauben, dass *das* passieren wird!», sagte Pamela zögernd. «Aber er kann doch nicht… so was würde er nie… Er ist so reizend, wirklich. Daran ist nur diese Chantry schuld. Er würde nie… niemals –»

Sie schwieg. Und dann meinte sie leise:

«*Mord?* Ist das – wirklich, denken Sie tatsächlich an so was?»

«Jemand denkt dran, Mademoiselle. Das kann ich Ihnen versichern.»

Pamela fröstelte plötzlich. «Ich glaube es nicht», erklärte sie.

Die Reihenfolge der Ereignisse in der Nacht vom neunundzwanzigsten Oktober war völlig klar.

Es fing an mit einem Streit zwischen den beiden Männern – Gold und Chantry. Chantrys Stimme wurde lauter und lauter. Seine letzten Worte wurden von vier Personen gehört – dem Mann am Empfang, dem Direktor, General Barnes und Pamela Lyall.

«Sie verdammtes Schwein! Wenn Sie und meine Frau glauben, Sie können mich reinlegen, dann irren Sie sich! *Solange ich lebe*, bleibt Valentine meine Frau!»

Dann war er mit wutverzerrtem Gesicht aus dem Hotel gestürzt.

Die Auseinandersetzung fand vor dem Abendessen statt. Danach versöhnte man sich wieder. Wie das arrangiert wurde, wusste kein Mensch. Valentine bat Marjorie Gold, eine Mondscheinfahrt im Auto mit ihr zu machen. Pamela und Sarah kamen mit. Gold und Chantry spielten Billard. Danach gesellten sie sich zu Hercule Poirot und General Barnes, die in der Halle saßen.

Chantrys Gesicht verzog sich – eigentlich zum ersten Mal – zu einem Lächeln. Er schien guter Laune zu sein.

«War es ein spannendes Spiel?», fragte der General.

«Der Bursche ist viel zu gut», sagte der Kapitän. «Er gewann haushoch.»

Douglas Gold spielte den Bescheidenen.

«Reine Glückssache. Glauben Sie mir. Was möchten Sie trinken? Ich geh mal den Kellner suchen.»

«Für mich Pink Gin, vielen Dank.»

«Gut. Und Sie, General?»

«Danke. Whisky mit Soda.»

«Für mich das Gleiche. Und Sie Monsieur Poirot?»

«Sie sind sehr freundlich. Ich möchte einen *sirop de cassis.*»

«Einen Sirup aus was?»

«*Sirop de cassis.* Saft aus schwarzen Johannisbeeren.»

«Ach, einen Likör! Ich verstehe. Haben die den hier überhaupt? Ich habe nie davon gehört.»

«Sie haben ihn, ja. Aber es ist kein Likör.»

«Klingt merkwürdig», sagte Gold und lachte. «Aber jedem sein eigenes Gift! Ich werde mal bestellen.»

Chantry setzte sich. Obwohl er von Natur aus kein gesprächiger oder umgänglicher Mensch war, gab er sich eindeutig die größte Mühe, freundlich zu sein.

«Seltsam, wie man sich daran gewöhnen kann, ohne die neuesten Nachrichten auszukommen», stellte er fest.

«Ich kann nicht behaupten, dass eine vier Tage alte *Continental Daily Mail* mich sehr interessiert!», brummte der General. «Natürlich lasse ich mir die *Times* nachschicken. Und den *Punch* bekomme ich jede Woche. Aber es dauert verteufelt lange, bis sie eintreffen.»

«Ich frage mich, ob wir wegen der Palästinafrage allgemeine Wahlen bekommen?»

«Die ganze Angelegenheit ist ziemlich verfahren», erklärte der General. Da tauchte Douglas Gold wieder auf, gefolgt von einem Kellner mit den bestellten Drinks.

Der General erzählte eine Geschichte aus seiner militärischen Karriere in Indien, im Jahr 1905. Die beiden Engländer hörten ihm höflich zu, wenn auch ohne großes Interesse. Hercule Poirot schlürfte seinen *sirop de cassis.*

Der General kam zur Pointe seiner Geschichte, und man lachte pflichtschuldig.

Da tauchten die Damen im Hoteleingang auf. Alle vier schienen bester Stimmung zu sein. Sie redeten und lachten.

«Tony, Liebling, es war herrlich», rief Valentine, während sie sich neben ihn in einen Sessel fallen ließ. «Eine glänzende Idee von Mrs. Gold! Ihr hättet alle mitkommen sollen!»

«Was möchtest du trinken?», fragte ihr Mann. Dann sah er fragend in die Runde.

«Für mich Pink Gin, Liebling», sagte Valentine.

«Ich möchte Gin mit Ingwerbier», erklärte Pamela.

«Einen Sidecar», bestellte Sarah.

«In Ordnung.» Chantry erhob sich und schob seinen unberührten Pink Gin seiner Frau zu. «Trink ihn. Ich bestell für mich einen neuen. Was möchten Sie, Mrs. Gold?»

Mrs. Gold ließ sich gerade von ihrem Mann aus dem Mantel helfen. Sie wandte sich um und sagte: «Könnte ich bitte eine Orangeade haben?»

«Kommt sofort. Eine Orangeade.»

Er ging zur Tür. Mrs. Gold lächelte zu ihrem Mann auf.

«Es war so schön. Ich wünschte, du wärst mitgekommen.»

«Ich auch. Wir werden es nachholen, ja?»

Valentine Chantry nahm ihr Glas und trank es aus. «Hm! Den habe ich gebraucht», sagte sie und seufzte.

Douglas Gold nahm Marjories Mantel und legte ihn auf einen Sessel. Während er zu den andern zurückging, fragte er scharf: «He, was ist denn?»

Valentine Chantry hatte sich in ihrem Sessel zurückgelehnt. Ihre Lippen waren blau. Sie griff sich mit der Hand an die Brust. «Ich fühle mich so – so komisch ...» Sie keuchte und rang nach Luft.

Chantry betrat wieder die Halle. Mit eiligen Schritten lief er auf die Gruppe zu. «Hallo, Val, was ist mit dir?»

«Ich – ich weiß nicht ... der Pink Gin – er schmeckte so komisch ...»

«Der Pink Gin?»

Chantry wirbelte herum, sein Gesicht war wutverzerrt. Er packte Douglas Gold bei den Schultern und schüttelte ihn.

«Das war *mein* Drink! Was, zum Teufel, haben Sie hineingeschüttet?»

Douglas Gold starrte entgeistert auf das zuckende Gesicht der Frau im Sessel. Er war totenbleich geworden. «Ich habe – ich habe doch nicht ...»

Valentine Chantry sank in sich zusammen.

«Wir müssen einen Arzt holen – schnell ...», rief General Barnes.

Fünf Minuten später war Valentine Chantry tot.

Am nächsten Vormittag badete niemand.

Pamela Lyall, deren Gesicht immer noch blass war, lauerte Hercule Poirot in der Halle auf und zog ihn in das kleine Schreibzimmer. Sie trug ein einfaches schwarzes Kleid.

«Es ist entsetzlich!», rief sie. «Entsetzlich! Sie haben es vorausgesagt! Sie sahen es kommen! Mord!»

Poirot senkte ernst den Kopf.

«Ja!», sagte sie und stampfte mit dem Fuß auf. «Sie hätten es verhindern müssen! Irgendwie. Sie hätten etwas unternehmen müssen!»

«Was?», fragte Poirot.

Einen Augenblick war sie um eine Antwort verlegen. «Hätte man nicht die Polizei ...», begann sie dann.

«Und weiter? Was hätte man sagen können – *bevor* es passierte? Dass jemand Mord in seinem Herzen trug. Ich verrate Ihnen etwas, *mon enfant*, wenn ein Mensch entschlossen ist, einen andern umzubringen –»

«Sie hätten das Opfer warnen können», erklärte Pamela dickköpfig.

«Manchmal sind solche Warnungen völlig nutzlos.»

«Oder Sie hätten den Mörder warnen können – andeuten, dass Sie von seinem Plan wussten.»

Poirot nickte beifällig. «Ja, das ist schon besser. Aber auch dann muss man noch mit der größten Schwäche des Verbrechers rechnen.»

«Mit was denn?»

«Mit seiner Eitelkeit! Ein Verbrecher ist immer überzeugt, dass er seinen Plan erfolgreich durchführen kann.»

«Aber das ist absurd – das ist dumm!», rief Pamela. «Das ganze Verbrechen war kindisch. Gestern Abend hat die Polizei Douglas Gold sofort verhaftet.»

«Ja», sagte Poirot nachdenklich. «Douglas Gold benahm sich reichlich dumm.»

«Unglaublich dumm! Angeblich wurde der Rest des Gifts bei ihm gefunden. Was war es noch gleich?»

«Etwas Ähnliches wie Strophanthin. Ein Herzmittel.»

«Hat man es tatsächlich in seiner Smokingjacke gefunden?»

«Ja.»

«Unglaublich dumm!», wiederholte Pamela. «Vielleicht hatte er es loswerden wollen, aber der Schock, dass es die falsche Person erwischt hatte, lähmte ihn. Wirklich, eine bühnenreife Szene: Der Liebhaber schüttet Strophanthin in das Glas des Ehemanns, und dann trinkt es die Ehefrau, weil der Liebhaber nicht aufgepasst hat. Wenn ich nur an den entsetzlichen Anblick denke, als Douglas Gold sich umwandte und festellen musste, dass er die Frau, die er liebte, getötet hatte…»

Sie erschauerte.

«Das Dreieck! Die ewige Dreiecksgeschichte! Wer konnte ahnen, dass es so enden würde!»

«Ich hatte es befürchtet», murmelte Poirot.

Pamela ging wieder auf ihn los. «Sie warnten *sie* – Mrs. Gold. Warum warnten Sie ihn nicht auch?»

«Sie meinen Douglas Gold?»

«Nein, Kapitän Chantry. Sie hätten ihm sagen können, dass er in Gefahr sei – schließlich galt der Anschlag eigentlich ihm. Ich bin überzeugt, dass Douglas Gold glaubte, er könne seine Frau so bearbeiten, dass sie in die Scheidung einwilligen würde. Sie ist sanft und schüchtern und hat ihn schrecklich gern. Aber Chantry ist ein dickköpfiger Teufel. Er war fest entschlossen, Valentine nicht freizugeben.»

Poirot zuckte mit den Schultern.

«Es hätte nichts genützt, wenn ich mit ihm gesprochen hätte.»

«Vielleicht nicht», gab Pamela zu. «Vermutlich hätte er nur erklärt, er könne auf sich selbst aufpassen und Sie sollten sich zum Teufel scheren. Aber ich kann mich einfach des Eindrucks nicht erwehren, dass man etwas hätte tun können.»

«Ich dachte daran», sagte Poirot langsam, «Valentine Chantry zu überreden, die Insel zu verlassen, aber sie hätte meinen Argumenten nicht geglaubt. Sie war so dumm und hätte nichts begriffen. *Pauvre femme* – ihre Dummheit brachte sie um.»

«Ich bin der Meinung, dass das auch nichts genützt hätte. Er wäre einfach hinterhergereist.»

«Wer?»

«Douglas Gold.»

«Sie glauben, Douglas Gold wäre ihr gefolgt? Oh, nein, Mademoiselle, da täuschen Sie sich – Sie täuschen sich sehr! Sie haben den Kern der Sache nicht erkannt. Wenn Valentine Chantry abgereist wäre, hätte ihr Mann sie begleitet.»

Pamela war verblüfft. «Stimmt», sagte sie. «Natürlich!»

«Und dann, verstehen Sie, hätte das Verbrechen einfach an einem anderen Ort stattgefunden.»

«Ich begreife gar nichts mehr.»

«Ich möchte damit sagen, dass es sich bei dem Verbrechen um die Ermordung von Valentine Chantry durch ihren Mann handelt.»

Pamela starrte ihn entgeistert an.

«Wollen Sie mir einreden, dass Kapitän Chantry – Tony Chantry – der Täter ist?»

«Ja. Sie sahen ihm sogar dabei zu! Douglas Gold brachte ihm sein Glas und stellte es vor ihm ab. Als die Frauen auftauchten, sahen wir alle zu ihnen hin. Chantry hatte das Strophanthin griffbereit und schüttete es in den Pink Gin. Dann schob er das Glas höflich seiner Frau hin, und sie trank.»

«Aber der Rest des Strophanthins wurde in Golds Jackentasche gefunden!»

«Die einfachste Geschichte von der Welt! Chantry steckte es ihm hinein, als wir uns alle um die Sterbende scharten.»

Es dauerte fast zwei Minuten, bis Pamela die Sprache wieder fand.

«Ich begreife es nicht. Das Dreieck – Sie sagten doch selber...»

Hercule Poirot nickte heftig.

«Ich sprach von einem Dreieck – das stimmt. Aber Sie – Sie dachten an das falsche. Sie fielen auf ein sehr geschicktes Täuschungsmanöver herein. Sie nahmen an – und das sollten Sie auch –, dass sowohl Tony Chantry wie Douglas Gold Valentine liebten. Sie glaubten, und auch das sollten Sie, dass Douglas Gold, der Valentine Chantry liebte, und deren Mann niemals in die Scheidung einwilligen würde – dass also Douglas Gold in seiner Verzweiflung Chantry ein starkes Herzmittel einflößen wollte und durch einen fatalen Irrtum Valentine Chantry das Gift trank. Das ist eine schöne Illusion. Schon seit einiger Zeit hatte Chantry den Plan, seine

Frau umzubringen. Sie langweilte ihn tödlich, das merkte ich von Anfang an. Er hatte sie wegen ihres Geldes geheiratet. Jetzt wollte er eine andere Frau heiraten – deshalb musste er sie loswerden. Doch ihr Geld wollte er behalten. Und so kam es zu dem Mord.»

«Also eine andere Frau?»

«Ja. O ja! Die kleine Marjorie Gold. Es stimmt schon – es ist die ewige Dreiecksgeschichte! Aber sie sahen es falsch. Keiner der beiden Männer interessierte sich in Wahrheit für Valentine Chantry. Wegen ihrer Eitelkeit und den wirklich äußerst gerissenen Manövern von Mrs. Gold glaubten Sie es. Eine kluge Frau, diese Mrs. Gold, und erstaunlicherweise sehr attraktiv auf ihre zurückhaltende Art. Die kleine arme Madonna! Ich kenne vier Frauen, vier Verbrecherinnen, die ihr sehr ähnlich waren. Mrs. Adams, die vom Mord an ihrem Mann freigesprochen wurde, obwohl alle Welt wusste, dass sie schuldig war. Mary Parker brachte eine freundliche Tante um die Ecke und dazu zwei Brüder, bevor sie etwas leichtsinnig wurde und man sie erwischte. Dann ist da noch Mrs. Rowden. Sie wurde tatsächlich gehängt. Mrs. Lecray entging dem gleichen Schicksal nur um Haaresbreite. Mrs. Gold ist genau derselbe Typ! Ich merkte es sofort, als ich sie kennen lernte. Solche Frauen lieben das Verbrechen wie die Enten das Wasser! Und ganz schön gerissen eingefädelt. Verraten Sie mir doch: welche Beweise haben Sie, dass Douglas Gold diese Valentine Chantry wirklich liebte? Wenn Sie es sich genau überlegen, müssen Sie zugeben, dass Sie es nur auf Grund von Mrs. Golds Vertraulichkeiten und Chantrys Eifersüchteleien glauben. Na? Sehen Sie?»

«Es ist entsetzlich!», rief Pamela.

«Ein gerissenes Paar, diese beiden!», bemerkte Poirot mit der Sachlichkeit des Fachmannes. «Ihr Plan war, sich hier zu ‹treffen› und das Verbrechen dann zu inszenieren. Diese Marjorie Gold ist eiskalt, eine Teufelin! Ohne mit der Wimper zu zucken hätte sie ihren armen, unschuldigen Dummkopf von Mann zur Schlachtbank geschickt.»

«Aber er wurde gestern Abend doch von der Polizei verhaftet und abgeführt!», rief Pamela.

«Ach», sagte Hercule Poirot, «danach hatte ich mit der Polizei eine kleine Unterhaltung. Es stimmt, dass ich nicht beobachtete, wie Chantry das Strophanthin ins Glas tat. Wie alle andern sah ich zu den Damen hin, die gerade in die Halle kamen. Aber in dem Augenblick, als ich begriff, dass Valentine Chantry vergiftet worden war, beobachtete ich ihren Mann. Ich ließ keinen Blick von ihm. Und deshalb, verstehen Sie, sah ich tatsächlich, wie er das Strophanthin-Päckchen in Douglas Golds Jackentasche steckte …»

Mit grimmigem Gesicht fügte er hinzu: «Ich bin ein guter Beobachter. Mein Name ist überall bekannt. Sobald die Polizei meine Geschichte erfuhr, begriff man, dass sich durch sie ein völlig neuer Aspekt ergab.»

«Und weiter?», fragte Pamela gespannt.

«*Eh bien*, dann stellten sie Kapitän Chantry ein paar Fragen. Er versuchte, sich herauszureden, aber er ist eigentlich nicht besonders intelligent, und schließlich brach er zusammen.»

«Douglas Gold ist also wieder frei?»

«Ja.»

«Und – seine Frau?»

Poirots Gesicht wurde ernst. «Ich hatte sie gewarnt!» Er schwieg einen Augenblick. «Ja, ich warnte sie, oben auf dem Berg des Propheten. Das war die einzige Chance, um das Verbrechen zu verhindern. Ich sagte ihr ziemlich deutlich, dass ich sie verdächtigte. Sie verstand mich genau. Aber sie hielt sich für klüger. Ich riet ihr, die Insel zu verlassen, wenn ihr ihr Leben lieb sei. Sie wollte bleiben ...»

Der unglaubliche Diebstahl der Bomberpläne

I

Als der Butler das Soufflé servierte, beugte sich Lord Mayfield vertraulich zu seiner rechten Nachbarin Lady Julia Carrington, wie immer bemüht, seinem Ruf als perfekter Gastgeber gerecht zu werden. Obgleich selbst unverheiratet, war er zu Frauen immer sehr charmant.

Lady Julia Carrington war eine Frau von Vierzig, groß, dunkelhaarig und lebhaft, überschlank und immer noch schön. Vor allem Hände und Füße bestachen durch ihre makellose Form. Ihre brüske, fahrige Art verriet, dass sie sich ständig in einem Zustand nervöser Spannung befand.

Etwa gegenüber von ihr an dem runden Tisch saß ihr Mann, Luftmarschall Sir George Carrington. Er hatte seine militärische Laufbahn bei der Marine begonnen und sich bis heute die forsche, unbekümmerte Art des ehemaligen Seeoffiziers bewahrt. Eben scherzte er mit der schönen Mrs. Vanderlyn, die auf der anderen Seite des Gastgebers saß.

Mrs. Vanderlyn war eine auffallend gut aussehende Blondine. Ihre Stimme hatte einen schwachen amerikanischen Akzent, gerade soviel, dass es reizvoll wirkte, ohne unangenehm aufzufallen.

Auf Sir Georges anderer Seite saß Mrs. Macatta, eine Abgeordnete. Mrs. Macatta war eine anerkannte Autorität für Wohnungsfragen und Jugendschutz. Sie pflegte ihre kurzen Sätze mehr hervorzubellen als zu sprechen und war überhaupt eine eher Furcht einflößende Erscheinung. Vielleicht war es daher natürlich, dass der Luftmarschall eine Unterhaltung mit seiner rechten Nachbarin vorzog.

So ließ Mrs. Macatta, die stets über berufliche Themen sprach, gleichgültig wo sie sich befand, in abgehackten Sätzen eine Flut von Belehrungen über ihre Lieblingsanliegen auf ihren linken Nachbarn, den jungen Reggie Carrington, niedergehen.

Reggie Carrington war einundzwanzig und völlig uninteressiert an Dingen wie Wohnungsbau und Jugendschutz, ja generell an irgendwelchen politischen Fragen. Er murmelte in gewissen Abständen: «Wie fürchterlich!» und «Da stimme ich völlig mit Ihnen überein», während er mit den Gedanken offensichtlich ganz woanders war. Mr. Carlile, Lord Mayfields Privatsekretär, saß zwischen dem jungen Reggie und dessen Mutter. Er war ein blasser junger Mann mit einem Kneifer auf der Nase und einer Miene von intelligenter Zurückhaltung, der wenig sprach, aber stets bereit war, sich in jede Bresche des Tischgesprächs zu werfen. Als er bemerkte, dass Reggie Carrington mühsam ein Gähnen unterdrückte, beugte er sich vor und richtete gewandt eine Frage über ihr neues «Jugendgesundheitsprogramm» an Mrs. Macatta.

Rund um den Tisch, im gedämpften goldenen Schein der Lampen, bewegten sich lautlos ein Butler und zwei Diener, reichten Teller mit Speisen und füllten die Weingläser. Lord Mayfield bezahlte seinem Küchenchef ein sehr hohes Gehalt und galt als ausgezeichneter Weinkenner.

Obwohl man an einem runden Esstisch saß, konnte es keinen Zweifel geben, wer der Gastgeber war. Dort, wo Lord Mayfield saß, war unverkennbar das Kopfende der Tafel. Er war ein großer, breitschultriger Mann mit dichtem silbergrauem Haar, einer kräftigen geraden Nase und einem leicht vorspringenden Kinn. Es war ein Gesicht, das sich gut für Karikaturen eignete. Als Sir Charles McLaughlin hatte der spätere Lord Mayfield es verstanden, seine politische Karriere mit den Aufgaben des Generaldirektors eines bedeutenden Maschinenbauunternehmens zu verbinden. Er selbst war ein erstklassiger Ingenieur. Seine Erhebung zum Lord war vor einem Jahr erfolgt, und gleichzeitig hatte man ihn zum Minister für Rüstungswesen ernannt, ein Amt, das gerade erst geschaffen worden war.

Als der Nachtisch serviert und der Portwein einmal herumgegangen war, fing Lady Julia einen Blick von Mrs. Vanderlyn auf und erhob sich. Die drei Damen verließen das Esszimmer.

Der Portwein machte noch einmal die Runde, während Lord Mayfield angeregt über die Fasanenjagd plauderte. Für die nächsten fünf Minuten drehte sich das Gespräch um die Jagd. Dann sagte Sir George zu seinem Sohn: «Du würdest sicher lieber zu den andern in den Salon gehen, lieber Reggie. Lord Mayfield hätte bestimmt nichts dagegen.»

Der junge Mann verstand den Wink.

«Danke, Lord Mayfield, das werde ich dann wohl tun.»

«Wenn Sie mich ebenfalls entschuldigen möchten, Lord Mayfield», murmelte Carlile. «Habe noch gewisse Memoranden und anderes durchzugehen ...»

Lord Mayfield nickte. Die beiden jungen Männer verließen den Raum. Die Bediensteten hatten sich schon vor einer Weile zurückgezogen. Der Minister für Rüstungswesen und der Oberkommandierende der Luftwaffe waren allein.

Nach ein paar Minuten begann Sir George: «Na – alles in Ordnung?»

«Absolut! In keinem einzigen Land Europas gibt es auch nur annähernd ein Flugzeug, das an diesen neuen Bomber heranreicht», entgegnete Lord Mayfield stolz.

«Fliegt allen davon, was? Das dachte ich mir.»

«Totale Luftüberlegenheit», bekräftigte Lord Mayfield.

Sir George stieß einen Seufzer aus.

«Wird auch Zeit! Wissen Sie, Charles, es war eine heikle Situation. Ganz Europa ist ein Pulverfass. Und wir waren nicht fertig, verdammt! Wir haben's gerade noch geschafft. Und dabei sind wir noch nicht aus dem Schneider, so sehr wir auch die Produktion beschleunigen.»

«Trotzdem, George», brummte Lord Mayfield, «spät anzufangen hat auch seine Vorteile. Eine Menge von dem europäischen Zeug ist bereits veraltet – und dazu stehen sie alle gefährlich dicht vor dem Bankrott.»

«Darauf darf man nicht allzu viel geben, fürchte ich», entgegnete Sir George düster. «Man hört immerzu, diese oder jene Nation sei bankrott, aber alle machen munter weiter. Wissen Sie, Finanzen – das ist mir ein totales Rätsel.»

Lord Mayfield zwinkerte belustigt. Sir George gebärdete sich immer sehr als Seebär vom alten Schlag. Manche Leute behaupteten, es sei eine Pose, die er ganz bewusst einnahm.

Sir George wechselte das Thema.

«Attraktive Person, diese Mrs. Vanderlyn, hm?», bemerkte er etwas übertrieben harmlos.

«Sie wundern sich, was sie hier zu suchen hat?» Lord Mayfields Augen blickten amüsiert.

Sir George schien ein wenig verlegen. «Durchaus nicht – durchaus nicht!»

«O doch! Schwindeln Sie nicht, George! Sie haben sich mit leisem Entsetzen gefragt, ob ich womöglich ihr jüngstes Opfer bin!»

«Zugegeben», entgegnete Sir George langsam, «ich fand es tatsächlich ein wenig sonderbar, dass sie ausgerechnet an diesem – nun, an diesem besonderen Wochenende hier ist.»

Lord Mayfield nickte. «Wo der Kadaver ist, versammeln sich die Geier. Wir haben hier einen ganz besonders wohlriechenden Kadaver, und Mrs. Vanderlyn könnte man wohl als Geier Nummer eins bezeichnen.»

«Wissen Sie irgendetwas über diese Vanderlyn?», fragte der Luftmarschall brüsk.

Lord Mayfield knipste die Spitze einer Zigarre ab und zündete sie mit großer Sorgfalt an. Dann legte er den Kopf zurück und gab in knappen, vorsichtig formulierten Sätzen Auskunft.

«Was ich über Mrs. Vanderlyn weiß? Ich weiß, dass sie amerikanische Staatsangehörige ist. Ich weiß, dass sie dreimal verheiratet war, mit einem Italiener, mit einem Deutschen und mit einem Russen, und dass sie folglich in drei Ländern das besitzt, was man wohl ‹nützliche Beziehungen› nennt. Ich weiß, dass sie in der Lage ist, sich eine sehr teure Garderobe und einen sehr luxuriösen Lebensstil zu leisten, und dass gewisse Unklarheiten darüber bestehen, woher die Mittel stammen, die ihr dies erlauben.»

Sir George schmunzelte. «Wie ich sehe, sind Ihre Spione nicht untätig gewesen, Charles.»

«Ich weiß ferner», fuhr Lord Mayfield fort, «dass Mrs. Vanderlyn nicht nur eine verführerische Schönheit ist, sondern auch eine sehr gute Zuhörerin und dass sie eine geradezu faszinierende Neugier für so genannte fachliche Dinge an den Tag legen kann. Das heißt, ein Mann kann ihr lang und breit von seiner Arbeit erzählen und dabei noch das Gefühl haben, dass die Dame ihn überaus interessant findet! Schon diverse junge Offiziere sind in ihrem Eifer, sich interessant zu machen, ein wenig weit gegangen, was ihrer Karriere nicht dienlich war. Sie haben Mrs. Vanderlyn dabei nämlich ein bisschen mehr erzählt, als sie durften. Fast alle Freunde der Dame sind Offiziere – aber im vergangenen Winter beteiligte sie sich an einer Fuchsjagd in einer Grafschaft, die in der Nähe einer unserer größten Rüstungsfabriken liegt, und schloss dort Freundschaften von ganz und gar nicht sportlicher Natur. Kurz gesagt, Mrs. Vanderlyn ist eine sehr nützliche Person für...» Er zeichnete mit der Zigarre einen Kreis in die Luft. «Vielleicht sollten wir nicht zu deutlich werden. Sagen wir einfach, für eine europäische Macht – und möglicherweise auch für mehr als eine.»

Sir George holte tief Luft. «Sie nehmen mir einen Stein von der Seele, Charles!»

«Sie haben wirklich geglaubt, ich sei auf die Verführungskünste unserer Sirene hereingefallen? Mein lieber George! Mrs. Vanderlyns Methoden sind für einen abgebrühten alten Fuchs wie mich nun doch ein wenig zu durchsichtig. Außerdem ist sie, wie man zu sagen pflegt, nicht mehr die Jüngste. Ihren jungen Geschwaderkommandeuren mag das nicht auffallen. Aber ich bin sechsundfünfzig, lieber Freund. Noch vier Jahre, und ich werde ein widerlicher alter Mann sein, der kleine Debütantinnen belästigt.»

«Ich war ein Dummkopf», sagte Sir George entschuldigend, «aber es kam mir ein bisschen komisch vor...»

«Es kam Ihnen komisch vor, dass sie hier ist, sozusagen im engsten Familienkreis, und ausgerechnet zu einem Zeitpunkt, an dem Sie und ich vertrauliche Gespräche über eine Erfindung führen wollen, die wahrscheinlich die Luftverteidigung revolutionieren wird!»

Sir George nickte.

«Genau das ist es», fuhr Lord Mayfield lächelnd fort. «Das ist der Köder.»

«Der Köder?»

«Sehen Sie, George, wir haben nichts gegen die Frau in der Hand. Aber wir brauchen Beweise! Bis jetzt ist sie immer wieder entwischt, öfter als gut war. Sie ist immer vorsichtig gewesen – verdammt vorsichtig. Wir wissen, was sie getan hat, aber wir können ihr nichts beweisen. Wir müssen sie mit einem fetten Köder in die Falle locken.»

«Wobei Sie mit dem fetten Köder unseren neuen Bomber meinen?»

«Richtig. Der Bissen muss groß genug sein, dass sie bereit ist, dafür jedes Risiko einzugehen – sich aus der Reserve locken zu lassen. Dann schnappen wir sie!»

Sir George brummte etwas.

«Na schön», meinte er schließlich, «dagegen ist wohl

nichts einzuwenden. Aber angenommen, das Risiko ist ihr zu groß?»

«Das wäre schade», erwiderte Lord Mayfield und fügte nach kurzer Pause hinzu: «Aber ich glaube es nicht.»

Er erhob sich.

«Wollen wir zu den Damen in den Salon gehen? Wir dürfen Ihre Frau nicht um ihre Bridgepartie bringen.»

«Sie ist sowieso viel zu wild auf Bridge», knurrte Sir George. «Kostet sie eine Stange Geld. Sie kann es sich nicht leisten, so hoch zu spielen, wie sie es tut, das habe ich ihr auch schon gesagt. Aber leider ist Julia eine richtige Spielernatur.»

Während er um den Tisch ging und sich zu seinem Gastgeber gesellte, setzte er halblaut hinzu: «Na, ich hoffe nur, Ihr Plan klappt, Charles.»

2

Im Salon war die Unterhaltung mehrmals ins Stocken geraten. Allein mit ihren Geschlechtsgenossinnen befand sich Mrs. Vanderlyn für gewöhnlich im Nachteil. Jene reizende, teilnahmsvolle Art, die Angehörige des männlichen Geschlechts an ihr so schätzten, fand bei Frauen aus irgendwelchen Gründen wenig Anklang.

Lady Julia gehörte zu den Frauen, die sich entweder sehr gut oder sehr schlecht benahmen. In diesem Fall fand sie Mrs. Vanderlyn unsympathisch und Mrs. Macatta langweilig und machte keinen Hehl aus ihren Gefühlen. Die Unterhaltung schleppte sich deshalb dahin und wäre ganz versiegt, hätte sie Mrs. Macatta nicht immer wieder in Gang gebracht.

Mrs. Macatta war zutiefst von sozialem Sendungsbewusstsein durchdrungen. Eine Frau wie Mrs. Vanderlyn ordnete sie sofort verächtlich in die Kategorie des nutzlosen, parasitären Typs ein, mit dem sie nichts anzufangen wusste. Dafür versuchte sie Lady Julia für eine bevorstehende Wohltätigkeitsveranstaltung zu interessieren, deren Organisation sie übernommen hatte. Lady Julia gab ausweichende Antworten und unterdrückte ab und zu ein Gähnen. Warum kamen Charles und George nicht endlich? Wie ermüdend Männer doch waren! Ihre Antworten wurden immer kürzer, während sie ihren eigenen Gedanken und Sorgen nachhing.

Als die Männer schließlich ins Zimmer traten, saßen die drei Frauen schweigend da.

Julia sieht heute Abend krank aus, dachte Lord Mayfield. Was für ein Nervenbündel diese Frau ist.

Laut sagte er: «Wie wär's mit einem Rubber, hm?»

Lady Julias Miene hellte sich sofort auf. Bridge war ihr Lebenselixier.

In diesem Moment kam auch Reggie Carrington herein, und man teilte sich in zwei Gruppen. Lady Julia, Mrs. Vanderlyn, Sir George und Reggie nahmen am Spieltisch Platz, während sich Lord Mayfield der Aufgabe widmete, Mrs. Macatta zu unterhalten.

Als man zwei Rubber gespielt hatte, blickte Sir George viel sagend zur Uhr auf dem Kaminsims.

«Lohnt wohl kaum, noch einen anzufangen», bemerkte er. Seine Frau warf ihm einen ärgerlichen Blick zu.

«Es ist doch erst Viertel vor elf. Einen einzigen kleinen noch.»

«Sie sind nie klein, meine Liebe», sagte Sir George gutmütig. «Überdies haben Charles und ich noch zu tun.»

«Wie wichtig das klingt!», murmelte Mrs. Vanderlyn. «Kluge Männer in leitenden Positionen wie Sie beide können wohl nie richtig ausspannen, nehme ich an.»

«Nein, für uns gibt es keine Achtundvierzig-Stunden-Woche», stimmte Sir George zu.

«Wissen Sie», murmelte Mrs. Vanderlyn, «ich geniere mich etwas, weil ich nur eine ungebildete Amerikanerin bin, aber ich finde es schrecklich aufregend, Menschen kennen zu lernen, die die Geschicke eines Landes lenken. Das erscheint Ihnen wahrscheinlich als eine sehr grobe Vereinfachung, Sir George?»

«Meine teure Mrs. Vanderlyn, ich würde Sie niemals für ungebildet oder grob halten.»

Er blickte ihr lächelnd in die Augen. Es lag vielleicht ein Hauch von Ironie in seiner Stimme, was Mrs. Vanderlyn nicht entging. Diplomatisch wandte sie sich an Reggie.

«Schade, dass wir unsere Partnerschaft nicht fortsetzen», erklärte sie mit einem reizenden Lächeln. «Wirklich gerissen von Ihnen, vier Sans-Atout zu sagen.»

Reggie errötete geschmeichelt. «Ach, es ist bloß glücklich gelaufen», brummte er.

«O nein, es war sehr klug kombiniert. Sie haben durch die Reizung genau erkannt, wie die Karten verteilt waren, und entsprechend gespielt. Ich fand es brillant!»

Lady Julia erhob sich brüsk. Die Person trägt wirklich zu dick auf, dachte sie angewidert.

Dann betrachtete sie ihren Sohn, und ihr Blick wurde freundlicher. Er glaubte jedes Wort. Wie rührend jung und unbeschwert er aussah! Und wie naiv er war! Kein Wunder, dass er so oft in der Klemme saß. Er war einfach zu vertrauensselig. Um die Wahrheit zu sagen, er besaß eben einen zu liebenswürdigen Charakter. George verstand den Jungen überhaupt nicht. Männer konnten in ihrem Urteil so gefühllos sein. Sie vergaßen, dass sie selbst einmal jung gewesen waren. George war viel zu streng mit Reggie.

Mrs. Macatta hatte sich erhoben. Man wünschte sich gute Nacht.

Die drei Frauen gingen. Lord Mayfield schenkte sich etwas zu trinken ein, nachdem er vorher Sir George versorgt hatte, und blickte auf, als Carlile in der Tür erschien.

«Legen Sie bitte die Akten und alle übrigen Unterlagen heraus, Carlile. Einschließlich der Konstruktionspläne. Der Luftmarschall und ich kommen gleich. Wir wollen uns vorher noch einen Moment draußen die Füße vertreten, wie, George? Es hat aufgehört zu regnen.»

Mr. Carlile wandte sich zum Gehen und stotterte eine Entschuldigung, weil er fast mit Mrs. Vanderlyn zusammengeprallt wäre.

Sie kam herein und sagte leise: «Mein Buch. Ich hatte vor dem Abendessen darin gelesen.»

Reggie eilte herbei und hielt ein Buch in die Höhe.

«Ist es das? Es lag auf dem Sofa.»

«O ja. Haben Sie vielen, vielen Dank.»

Sie lächelte liebenswürdig, wünschte noch einmal gute Nacht und entfernte sich.

Sir George hatte unterdessen eine der Terrassentüren geöffnet.

«Es hat aufgehört», verkündete er. «Gute Idee von Ihnen, so ein kleiner Spaziergang.»

«Gute Nacht, Sir», sagte Reggie. «Ich verziehe mich in mein Bett.»

«Gute Nacht, mein Junge», sagte Lord Mayfield.

Reggie nahm den Kriminalroman, den er früher am Abend begonnen hatte, und verließ das Zimmer.

Lord Mayfield und Sir George traten hinaus auf die Terrasse.

Es war eine schöne Nacht mit sternklarem Himmel.

Sir George atmete tief durch. «Puh, diese Person benützt viel Parfüm.»

«Wenigstens kein billiges.» Lord Mayfield lachte. «Eins der teuersten Fabrikate auf dem Markt, würde ich sagen.»

Sir George verzog spöttisch das Gesicht.

«Wahrscheinlich sollte man ihr wenigstens dafür dankbar sein.»

«Das sollte man in der Tat. Ich finde, eine Frau, die nach billigem Parfüm riecht, ist ein Gräuel.»

Sir George richtete seinen Blick zum Himmel.

«Erstaunlich, wie rasch es aufgeklart hat. Während wir beim Essen saßen, regnete es noch in Strömen.»

Die beiden Männer schlenderten die Terrasse auf und ab, die sich über die ganze Vorderfront des Hauses erstreckte. Unterhalb von ihr fiel das Gelände sanft ab und gestattete eine prachtvolle Aussicht auf die hügelige Waldlandschaft von Sussex.

Sir George zündete sich eine Zigarre an.

«Bezüglich dieser Metalllegierung …», begann er.

Das Gespräch wandte sich technischen Dingen zu.

Als sie zum fünften Mal am anderen Ende der Terrasse angelangt waren, sagte Lord Mayfield mit einem Seufzer: «Tja, ich glaube, wir sollten uns allmählich an die Arbeit machen.»

«Ja, es gibt noch allerhand zu tun.»

Die beiden Männer drehten um. Plötzlich stieß Lord Mayfield einen überraschten Ruf aus.

«Hoppla! Haben Sie gesehen?»

«Was?»

«Mir war, als sei jemand aus meinem Arbeitszimmer und über die Terrasse gehuscht.»

«Unsinn, alter Junge. Ich habe nichts gemerkt.»

«Aber ich – zumindest habe ich's mir eingebildet.»

«Bestimmt eine optische Täuschung. Ich habe genau geradeaus gesehen, die Terrasse entlang, und wenn da jemand gewesen wäre, hätte ich ihn mit Sicherheit bemerkt. Ich sehe nämlich noch ausgezeichnet – selbst wenn mir beim Zeitunglesen neuerdings der Arm zu kurz wird.»

Lord Mayfield lachte leise.

«Da bin ich Ihnen über, George. Ich lese noch ohne Brille.»

«Aber dafür können Sie im Parlament den Knaben von gegenüber nicht mehr richtig ausmachen. Oder dient Ihre Brille bloß zur Einschüchterung?»

Lachend traten die beiden Männer durch die offene Terrassentür in Lord Mayfields Arbeitszimmer. Mr. Carlile stand neben dem Safe und war damit beschäftigt, Papiere in einen Aktenordner zu legen.

Als sie hereinkamen, blickte er auf.

«Na, Carlile, alles bereit?»

«Ja, Lord Mayfield, alle Unterlagen liegen auf Ihrem Schreibtisch.»

Besagter Schreibtisch war ein wuchtiges, imposant aussehendes Möbelstück aus Mahagoni, das schräg in der Ecke neben der Terrassentür stand. Lord Mayfield trat auf ihn zu und begann die verschiedenen Dokumente durchzublättern.

«Es ist noch ein herrlicher Abend geworden», bemerkte Sir George.

Mr. Carlile pflichtete ihm bei. «Ja, wirklich. Erstaunlich, wie rasch es nach dem Regen wieder klar geworden ist.» Er legte den Aktenordner beiseite. «Werden Sie mich heute Abend noch brauchen, Lord Mayfield?»

«Nein, ich glaube nicht, Carlile. Ich werde dies nachher selbst wegschließen. Bei uns wird es wahrscheinlich spät. Gehen Sie ruhig schlafen.»

«Vielen Dank. Gute Nacht, Lord Mayfield. Gute Nacht, Sir George.»

«Gute Nacht, Carlile.»

Als der Sekretär im Begriff war, das Zimmer zu verlassen, rief Lord Mayfield scharf: «Augenblick, Carlile! Das Wichtigste haben Sie vergessen.»

«Verzeihung, Lord Mayfield?»

«Die Flugzeugpläne selbst, Mann!»

Der Sekretär starrte ihn an. «Sie liegen obenauf, Sir.»

«Stimmt nicht.»

«Aber ich habe sie eben da hingelegt.»

«Überzeugen Sie sich selbst, Mann!»

Mit bestürzter Miene kam Carlile näher und trat neben Lord Mayfield an den Schreibtisch.

Der Minister wies ungeduldig auf den Stapel von Dokumenten. Carlile blätterte sie durch, wobei sein Gesicht einen immer bestürzteren Ausdruck annahm.

«Sehen Sie, sie sind nicht dabei.»

«Aber – aber das ist ausgeschlossen», stammelte der Sekretär. «Ich habe sie vor noch nicht drei Minuten dort hingelegt.»

«Sie müssen sich irren», erwiderte Lord Mayfield gutmütig.

«Bestimmt liegen sie noch im Safe.»

«Aber ich verstehe nicht, wieso – ich weiß genau, dass ich sie hingelegt habe!»

Lord Mayfield eilte an ihm vorbei zum Safe. Sir George trat neben ihn. Sie brauchten nur einige wenige Minuten, um festzustellen, dass die Bomberpläne nicht da waren.

Fassungslos, wie vor den Kopf geschlagen, kehrten die drei Männer zum Schreibtisch zurück und blätterten erneut den Stapel von Dokumenten durch.

«Mein Gott!», stöhnte Mayfield. «Sie sind verschwunden!»

«Aber das ist unmöglich!», rief Carlile.

«Wer ist in diesem Zimmer gewesen?», fragte der Minister barsch.

«Niemand! Überhaupt niemand!»

«Hören Sie, Carlile, die Pläne können sich nicht einfach in Luft aufgelöst haben. Irgendwer hat sie weggenommen. Ist Mrs. Vanderlyn hier gewesen?»

«Mrs. Vanderlyn? O nein, Sir.»

«Das nehme ich ihm ab.» Sir George schnüffelte. «Man würde es sofort riechen, wenn sie im Zimmer gewesen wäre!»

«Es ist niemand hier gewesen», beteuerte Carlile. «Ich kann das einfach nicht verstehen.»

«Kommen Sie, Carlile, reißen Sie sich zusammen», befahl Lord Mayfield. «Wir müssen der Sache auf den Grund gehen. Sie sind absolut sicher, dass die Pläne im Safe waren?»

«Hundertprozentig.»

«Sie haben sie dort mit eigenen Augen gesehen? Sie haben nicht bloß angenommen, dass sie sich bei den übrigen Papieren befanden?»

«Nein, nein, Lord Mayfield! Ich habe sie gesehen! Ich habe sie zuoberst auf den Schreibtisch gelegt.»

«Und Sie sagen, dass niemand dieses Zimmer betreten hat? Haben Sie selbst den Raum zwischendurch verlassen?»

«Nein – das heißt … ja.»

«Aha!», rief Sir George. «Jetzt kommen wir der Sache schon näher!»

Lord Mayfield sagte in scharfem Ton: «Wie um alles in der Welt …»

Carlile fiel ihm ins Wort. «Unter normalen Umständen, Lord Mayfield, wäre mir natürlich nie eingefallen, das Zimmer zu verlassen, solange wichtige Dokumente hier herumliegen, aber als ich eine Frau schreien hörte …»

«Eine Frau schreien?», fragte Lord Mayfield verblüfft.

«Ja, Lord Mayfield. Ich bin furchtbar erschrocken. Ich war gerade dabei, die Papiere auf den Schreibtisch zu legen, als ich den Schrei hörte, und rannte natürlich sofort hinaus in die Halle.»

«Wer hatte geschrien?»

«Es war Mrs. Vanderlyns französische Zofe. Sie stand

blass vor Schreck auf der Treppe und zitterte am ganzen Leib. Sie sagte, sie habe einen Geist gesehen.»

«Einen Geist gesehen?»

«Ja, eine große weiß gekleidete Frau, die lautlos durch die Luft schwebte.»

«Was für ein idiotischer Unsinn!»

«Ja, Lord Mayfield, das habe ich auch zu ihr gesagt. Ich muss zugeben, sie schien sich deswegen auch etwas zu genieren. Sie ging nach oben, und ich ging wieder hinein.»

«Wann war das?»

«Etwa ein oder zwei Minuten bevor Sie und Sir George eintraten.»

«Und für wie lang haben Sie den Raum verlassen?»

Der Sekretär überlegte. «Zwei Minuten – drei im Höchstfall.»

«Lang genug», stöhnte Lord Mayfield. Plötzlich packte er seinen Freund am Arm.

«George, der Schatten, den ich gesehen habe – der sich da vom Fenster wegbewegte. Das war er! Sobald Carlile aus dem Zimmer ging, stürzte der Mann hinein, packte die Pläne und rannte davon.»

«Mist», brummte Sir George.

Dann legte er die Hand auf Lord Mayfields Arm.

«Hören Sie, Charles, das ist wirklich eine üble Geschichte. Was, zum Teufel, fangen wir jetzt bloß an?»

3

«Lassen Sie es wenigstens auf einen Versuch ankommen, Charles.»

Es war eine halbe Stunde später. Die beiden Männer saßen in Lord Mayfields Arbeitszimmer, und Sir George war im Begriff, seine ganze Überredungskunst aufzubieten, um den Freund zur Annahme eines gewissen Vorschlags zu bewegen.

Lord Mayfield, der sich zunächst mit Händen und Füßen gegen die Idee gesträubt hatte, schien ihr allmählich nicht mehr ganz so abgeneigt.

«Seien Sie doch nicht so verdammt dickköpfig, Charles», bohrte Sir George weiter.

«Weswegen sollen wir so einen albernen Ausländer einschalten, über den wir nicht das geringste wissen?», meinte Lord Mayfield zögernd.

«Zufällig weiß ich eine ganze Menge über ihn. Der Mann ist fabelhaft.»

«Hm!»

«Hören Sie, Charles, es wäre eine Chance! Diskretion ist in diesem Fall das oberste Gebot. Wenn etwas durchsickert …»

«Wieso wenn? Das kommt bestimmt heraus!»

«Nicht unbedingt. Dieser Mann, Hercule Poirot …»

«… wird hier erscheinen und die Pläne hervorzaubern wie der Zauberer die Kaninchen aus dem Zylinder, was?»

«Er wird die Wahrheit herausfinden. Und auf die kommt es uns an! Hören Sie, Charles, ich übernehme persönlich die volle Verantwortung.»

Lord Mayfield seufzte. «Na schön, meinetwegen. Aber

ich sehe wirklich nicht ein, was dieser Wunderknabe ausrichten kann ...»

Sir George griff zum Telefon.

«Ich rufe ihn an – jetzt, auf der Stelle.»

«Er wird längst im Bett sein.»

«Er kann aufstehen. Zum Donnerwetter, Charles, Sie müssen dieser Frau das Handwerk legen.»

«Mrs. Vanderlyn, meinen Sie?»

«Ja! Sie zweifeln doch nicht, dass sie hinter der ganzen Angelegenheit steckt, oder?»

«Nein. Sie hat den Spieß umgedreht und mich nach allen Regeln der Kunst ausmanövriert. Ich gebe ungern zu, George, dass uns eine Frau überlegen ist. Es geht einem gegen den Strich. Aber es stimmt. Wir können ihr nicht das geringste beweisen, und doch wissen wir beide, dass sie bei der ganzen Geschichte die Fäden in der Hand hat.»

«Frauen sind die Pest», erklärte Sir George mit Gefühl.

«Wir haben keine Handhabe gegen sie, verdammt noch mal! Wir müssen annehmen, dass sie ihr Mädchen zu der Schreierei angestiftet hat und dass der Mann, der draußen im Park lauerte, ihr Komplice war, aber gemeinerweise können wir es nicht beweisen.»

«Vielleicht schafft es Hercule Poirot.»

Lord Mayfield lachte plötzlich.

«Du meine Güte, George, ich habe Sie immer für einen viel zu eingefleischten alten Patrioten gehalten, als dass Sie einem Franzosen vertrauen würden, und wäre der auch noch so gerissen.»

«Er ist nicht einmal Franzose, er ist Belgier», antwortete Sir George ziemlich verlegen.

«Na, dann holen Sie Ihren Belgier her. Soll er sich die Zähne an der Sache ausbeißen. Ich wette, er wird auch nicht viel mehr erreichen als wir.»

Ohne etwas zu erwidern, streckte Sir George die Hand nach dem Telefonhörer aus.

4

Hercule Poirot blinzelte leicht, während er von einem der Männer zum andern sah, und unterdrückte diskret ein Gähnen.

Es war halb drei Uhr morgens. Man hatte ihn aus dem Schlaf geklingelt und mit einem großen Rolls-Royce in höchster Eile durch die nächtliche Dunkelheit hierher befördert. Gerade hatte er sich die Erklärungen der beiden Männer zu Ende angehört.

«Das ist der Tatbestand, Monsieur Poirot», schloss Lord Mayfield.

Er lehnte sich in seinem Sessel zurück und klemmte bedächtig das Monokel ins Auge. Durch das Glas hindurch blitzte sein blassblaues Auge Poirot abschätzend an. Der Ausdruck dieses Auges war nicht nur scharfsinnig, er war auch unverkennbar skeptisch. Poirot warf einen raschen Blick zu Sir George Carrington.

Dieser saß in vorgebeugter Haltung da und trug eine fast kindlich hoffnungsvolle Miene zur Schau.

«Ich kenne jetzt die Fakten, ja», sagte Poirot langsam. «Die Zofe schreit, der Sekretär geht hinaus, der namenlose Beobachter kommt herein, die Konstruktionspläne liegen auf dem Schreibtisch, er packt sie und verschwindet. Die Fakten – ja, sie passen sehr gut zusammen.»

Die Art, wie er den letzten Satz aussprach, schien Lord Mayfields Aufmerksamkeit zu erregen. Er setzte sich ein wenig gerader und ließ das Monokel fallen. Es war, als sei er mit einem Mal wieder hellwach.

«Wie bitte, Monsieur Poirot?»

«Ich sagte, Lord Mayfield, dass die Fakten alle sehr gut zueinander passen – für den Dieb. Übrigens, sind Sie sicher, dass es ein Mann war, den Sie gesehen haben?»

Lord Mayfield schüttelte den Kopf.

«Das möchte ich nicht behaupten. Es war bloß ein – ein Schatten. Ich bin mir nicht einmal sicher, ob ich überhaupt jemand gesehen hatte.»

Poirot sah den Luftmarschall an.

«Und Sie, Sir George? Können Sie sagen, ob es ein Mann war oder eine Frau?»

«Ich habe überhaupt niemand gesehen.»

Poirot nickte nachdenklich. Dann sprang er plötzlich auf die Füße und ging hinüber zum Schreibtisch.

«Ich kann Ihnen versichern, die Pläne sind nicht da», rief Lord Mayfield. «Wir haben alle drei die Unterlagen mindestens ein halbes dutzend Mal durchgesehen.»

«Alle drei? Sie meinen, auch Ihr Sekretär?»

«Carlile? Ja.»

Poirot drehte sich abrupt um. «Erklären Sie mir, Lord Mayfield, welche Papiere lagen zuoberst, als Sie am Schreibtisch standen?»

Mayfield überlegte angestrengt, mit gerunzelter Stirn.

«Lassen Sie mich nachdenken – ja, es war der Entwurf

für ein Memorandum über bestimmte Positionen unserer Luftverteidigung.»

Poirot fischte ein Blatt Papier heraus und brachte es Lord Mayfield.

«Ist es das?»

Lord Mayfield nahm es und warf einen flüchtigen Blick darauf.

«Ja.»

Poirot reichte den Bogen an Sir George weiter.

«Haben Sie dieses Papier auf dem Schreibtisch bemerkt?»

Sir George nahm es, hielt es auf Armlänge von sich und griff dann nach seinem Kneifer.

«Ja, das ist richtig. Ich habe zusammen mit Carlile und Mayfield die Papiere durchgesehen. Das hier lag obenauf.»

Poirot nickte und legte das Blatt wieder auf den Schreibtisch. Mayfield beobachtete ihn leicht verdutzt.

«Wenn Sie noch irgendwelche Fragen haben ...», begann er.

«Aber gewiss doch. Carlile. Carlile ist die Frage!»

Lord Mayfields Gesicht rötete sich ein wenig.

«Carlile ist über jeden Verdacht erhaben, Monsieur Poirot! Er ist seit neun Jahren bei mir, als mein Privatsekretär. Er hat Zugang zu allen meinen Privatpapieren, und ich möchte Sie darauf hinweisen, dass er jederzeit in der Lage gewesen wäre, eine Abschrift der Pläne anzufertigen, ohne dass es jemand gemerkt hätte.»

«Ich verstehe, worauf Sie hinauswollen», erwiderte Poirot. «Wäre er schuldig, so hätte er es nicht nötig gehabt, einen primitiven Diebstahl zu inszenieren.»

«Auf alle Fälle bin ich von Carliles Loyalität überzeugt», sagte Lord Mayfield. «Ich verbürge mich für ihn.»

«Carlile ist in Ordnung», bekräftigte Sir George knapp.

Poirot spreizte mit einer eleganten Gebärde die Hände.

«Und diese Mrs. Vanderlyn – die ist nicht in Ordnung?»

«Das kann man wohl behaupten», rief Sir George.

Lord Mayfield fügte in gemäßigterem Ton hinzu: «Ich denke, Monsieur Poirot, über Mrs. Vanderlyns – äh – Aktivitäten kann es keinen Zweifel geben. Genauere Auskünfte können Sie beim Außenministerium einholen.»

«Und die Zofe, meinen Sie, steckt mit ihrer Herrin unter einer Decke?»

«Allerdings», antwortete Sir George.

«Diese Annahme scheint mir plausibel», ergänzte Lord Mayfield vorsichtig.

Eine Pause trat ein. Poirot seufzte und rückte zerstreut ein paar Gegenstände auf einem Tisch neben sich zurecht. Dann sagte er:

«Die bewussten Papiere stellen also einen bestimmten Geldwert dar, ja? Das heißt, gestohlen wären sie fraglos eine große Summe wert.»

«Für eine gewisse Seite allerdings.»

«Nämlich?»

Sir George nannte die Namen von zwei europäischen Mächten.

Poirot nickte. «Und diese Tatsache wäre vermutlich jedermann bekannt?»

«Mrs. Vanderlyn bestimmt.»

«Ich sagte jedermann.»

«Doch ja, das nehme ich an.»

«Es wäre sich also jede Person mit einem Funken von Intelligenz über den Geldwert der Pläne im Klaren?»

«Ja, aber Monsieur Poirot...» Lord Mayfield machte ein ziemlich betretenes Gesicht.

Poirot hob die Hand. «Ich ziehe lediglich Erkundigungen nach allen Richtungen ein, wie man so schön sagt.»

Plötzlich stand er auf, trat flink durch die Terrassentür ins Freie und untersuchte mit einer Taschenlampe das Gras an der Stelle, wo die Terrasse an den Rasen grenzte.

Die beiden Männer beobachteten ihn.

Nach einer kleinen Weile kam er wieder herein, setzte sich und fragte: «Sagen Sie, Lord Mayfield, Sie haben den Täter, diesen nächtlichen Eindringling, nicht verfolgen lassen?»

Lord Mayfield zuckte die Achseln. «Er hätte unten vom Garten aus ohne Mühe auf die Hauptstraße gelangen können. Wenn er dort einen Wagen stehen hatte, wäre er bald außer Reichweite gewesen...»

«Aber da gibt es noch die Polizei.»

«Sie vergessen, Monsieur Poirot», unterbrach ihn Sir George, «wir können kein öffentliches Aufsehen riskieren. Wenn publik würde, dass diese Pläne gestohlen worden sind, wäre das außerordentlich schädlich für unsere Partei.»

«Ah ja», stimmte Poirot zu. «Man darf *la Politique* nicht vergessen. Die Diskretion muss unter allen Umständen gewahrt bleiben. Stattdessen schicken Sie nach mir. Nun ja, vielleicht ist es einfacher so.»

«Sie rechnen mit einem Erfolg, Monsieur Poirot?», erkundigte sich Lord Mayfield eine Spur ungläubig.

Der kleine Mann zog die Schultern hoch.

«Warum nicht? Man muss nur logisch überlegen – die Dinge richtig durchdenken.» Er schwieg einen Augenblick und sagte dann: «Ich würde jetzt gern mit Mr. Carlile sprechen.»

«Gewiss.» Lord Mayfield erhob sich. «Ich bat ihn aufzubleiben. Er hält sich sicherlich irgendwo nebenan zu Ihrer Verfügung.»

Er verließ das Zimmer.

Poirot sah Sir George an. «*Eh bien.* Was ist mit diesem Mann auf der Terrasse?»

«Mein lieber Monsieur Poirot. Fragen Sie nicht mich! Ich habe ihn nicht gesehen und kann ihn also auch nicht beschreiben.»

Poirot beugte sich vor. «Das sagten Sie schon. Aber in Wahrheit verhält es sich ein bisschen anders, nicht?»

«Was soll das heißen?», fragte Sir George schroff.

«Wie soll ich es formulieren? Ihr Unglaube geht tiefer.»

Sir George wollte etwas sagen, schwieg dann aber.

«Nur zu, sprechen Sie», sagte Poirot ermunternd. «Beide sind Sie am anderen Ende der Terrasse. Lord Mayfield sieht einen Schatten von der Terrassentür her über die Wiese huschen. Warum sehen Sie selbst diesen Schatten nicht?»

Sir George blickte ihn fest an.

«Sie haben den Nagel auf den Kopf getroffen, Monsieur Poirot. Genau das überlege ich mir auch die ganze Zeit. Sehen Sie, ich könnte nämlich schwören, dass niemand durch die Terrassentür herauskam. Ich dachte mir zuerst, Mayfield habe sich eben getäuscht – es sei wohl der Schatten eines Astes gewesen, der sich im Wind bewegte, oder so etwas. Als wir dann hereinkamen und den Diebstahl entdeckten, da schien es, als habe Mayfield Recht gehabt und ich unrecht. Und trotzdem …»

Poirot lächelte. «Und trotzdem glauben Sie insgeheim noch immer an das, was Sie mit eigenen Augen gesehen, beziehungsweise nicht gesehen haben.»

«Es stimmt, Monsieur Poirot, das tue ich.»

«Wie klug Sie sind.»

«Es waren keine Fußspuren im Gras?», fragte Sir George scharf.

Poirot nickte. «So ist es. Lord Mayfield bildet sich ein, er sieht einen Schatten. Dann entdeckt er den Diebstahl, und nun ist er überzeugt, felsenfest überzeugt, dass er einen Mann gesehen hat. Es ist keine Einbildung mehr, es ist eine Tatsache. Aber es stimmt nicht. Ich für meine Person, ich beschäftige mich nicht viel mit Fußspuren und ähnlichen Dingen; hier jedoch liefern sie einen negativen Beweis. Es sind keine Fußspuren im Gras. Heute Abend hat es stark geregnet. Wäre ein Mann heute Abend von der Terrasse über den Rasen gelaufen, so müsste man seine Fußspuren im Gras sehen.»

Sir George starrte ihn betroffen an.

«Aber dann – aber dann …»

«Ja, damit wären wir wieder bei den Bewohnern dieses Hauses …»

Er unterbrach sich, weil Lord Mayfield mit Mr. Carlile ins Zimmer trat.

Carlile sah zwar noch immer sehr blass und mitgenommen aus, hatte aber seine Fassung einigermaßen wiedererlangt. Seinen Kneifer zurechtrückend, setzte er sich und blickte Poirot fragend an.

«Wie lange waren Sie hier im Zimmer, als Sie den Schrei hörten, Monsieur?»

Carlile überlegte. «Fünf bis zehn Minuten, würde ich sagen.»

«Und vorher hatte es keine Störungen irgendwelcher Art gegeben?»

«Nein.»

«Wenn ich recht verstehe, hatten sich die Hausbewohner am gestrigen Abend vornehmlich in einem Raum aufgehalten.»

«Ja, im Salon.»

Poirot konsultierte sein Notizbuch.

«Sir George und seine Frau. Mrs. Macatta. Mrs. Vanderlyn. Mr. Reggie Carrington. Lord Mayfield und Sie selbst. Ist das richtig?»

«Ich selbst war nicht im Salon. Ich habe den größten Teil des Abends hier gearbeitet.»

Poirot wandte sich zu Lord Mayfield.

«Wer ging zuerst zu Bett?»

«Lady Julia, glaube ich. Das heißt, die drei Damen gingen zusammen hinaus.»

«Und dann?»

«Mr. Carlile kam herein, und ich wies ihn an, die Papiere bereitzulegen, da Sir George und ich gleich kommen würden.»

«Die Idee, für einen Sprung auf die Terrasse zu gehen, die ist Ihnen erst in dem Moment gekommen?»

«Ja.»

«Wurde in Mrs. Vanderlyns Beisein die Tatsache erwähnt, dass Sie sich in dieses Zimmer zurückziehen wollten, um zu arbeiten?»

«Es wurde davon gesprochen, ja.»

«Aber sie befand sich nicht im Zimmer, als Sie Mr. Carlile Anweisung gaben, die Papiere herauszulegen?»

«Nein.»

«Verzeihen Sie, Lord Mayfield», warf Carlile ein, «aber unmittelbar nachdem Sie mir das gesagt hatten, stieß ich mit ihr in der Tür zusammen. Sie war zurückgekommen, weil sie ihr Buch vergessen hatte.»

«Sie meinen also, Mrs. Vanderlyn könnte die Worte gehört haben?»

«Ich halte das für durchaus möglich, ja.»

«Sie kehrte also zurück, weil sie ihr Buch vergessen hatte», wiederholte Poirot gedankenvoll. «Haben Sie ihr das Buch geholt, Lord Mayfield?»

«Reggie hat es ihr gegeben.»

«Ah ja, eine altbewährte Methode – man kommt noch einmal zurück, weil man ein Buch liegen gelassen hat. Oft macht sich das bezahlt!»

«Sie meinen, es war Absicht?» Poirot zuckte die Achseln.

«Und danach gingen Sie, meine Herren, hinaus auf die Terrasse. Und Mrs. Vanderlyn?»

«Die verschwand mit ihrem Buch nach oben.»

«Und der junge Mr. Reggie? Ging er ebenfalls zu Bett?»

«Ja.»

«Und Mr. Carlile kommt hier herein und hört fünf bis zehn Minuten später einen Schrei. Erzählen Sie weiter, Mr. Carlile. Sie hörten also einen Schrei und liefen hinaus in die Halle. Ach, vielleicht wäre es am einfachsten, wenn Sie uns genau vorführten, was Sie taten.»

Mr. Carlile erhob sich ein wenig verlegen.

«Also, ich schreie», soufflierte Poirot. Er öffnete den Mund und stieß ein schrilles Blöken aus. Lord Mayfield wandte schnell den Kopf ab, um ein Lächeln zu verbergen, und Mr. Carlile machte ein über die Maßen betretenes Gesicht.

«*Allez!* Vorwärts marsch!», rief Poirot. «Das war Ihr Stichwort.»

Mr. Carlile schritt steif zur Tür, öffnete sie und ging hinaus. Poirot folgte ihm. Die anderen beiden kamen hinterher.

«Die Tür – haben Sie sie hinter sich geschlossen oder offen gelassen?»

«Ich kann mich nicht genau erinnern. Ich glaube, ich muss sie offen gelassen haben.»

«Es spielt keine Rolle. Machen Sie weiter.»

Steifbeinig wie vorher spazierte Mr. Carlile bis zum Fuß der Treppe, wo er stehen blieb und nach oben blickte.

«Die Zofe stand auf der Treppe, wie Sie sagen. Wo ungefähr?»

«Etwa auf halber Höhe!»

«Und sie war aufgeregt?»

«Allerdings.»

«*Eh bien*, ich bin jetzt die Zofe.» Poirot trippelte gewandt die Stufen hinauf. «Hier etwa?»

«Ein oder zwei Stufen höher.»

«So?» Poirot stellte sich in Positur.

«Äh – nicht ganz so.»

«Wie dann?»

«Nun ja, sie hielt die Hände an den Kopf.»

«Ah, die Hände an den Kopf. Das ist sehr interessant. Vielleicht so?» Poirot hob die Arme und legte die Hände über den Ohren an den Kopf.

«Ja, ganz genauso.»

«Aha! Sagen Sie mal, Mr. Carlile, ist sie ein hübsches Mädchen, ja?»

«Wirklich, darauf habe ich nicht geachtet.»

«So, Sie haben nicht darauf geachtet. Aber Sie sind ein junger Mann. Seit wann achtet ein junger Mann nicht darauf, ob ein Mädchen hübsch ist?»

«Wirklich, Monsieur Poirot, ich kann nur wiederholen, dass *ich* dies nicht getan habe.»

Carlile sandte seinem Arbeitgeber einen flehenden Blick zu. Sir George kicherte.

«Monsieur Poirot scheint entschlossen zu sein, Sie als Casanova hinzustellen», bemerkte er.

Mr. Carlile musterte ihn, ohne die Miene zu verziehen.

«Ich für meine Person merke immer, ob ein Mädchen hübsch ist», verkündete Poirot, während er die Treppe herunterkam.

Mr. Carlile quittierte die Äußerung mit anzüglichem Schweigen.

«Und dann hat sie Ihnen das Märchen von dem Gespenst erzählt, das sie gesehen haben will?», fuhr Poirot ungerührt fort.

«Ja.»

«Haben Sie die Geschichte geglaubt?»

«Wohl kaum, Monsieur Poirot.»

«Ich frage damit nicht, ob Sie persönlich an Gespenster glauben. Ich frage Sie bloß, hatten Sie den Eindruck, dass das Mädchen selbst glaubte, etwas gesehen zu haben?»

«Oh, das kann ich nicht beurteilen. Auf jeden Fall atmete sie rasch und schien erregt.»

«Und Mrs. Vanderlyn ließ sich während dieser ganzen Episode nicht hören oder sehen?»

«Doch. Sie kam aus ihrem Zimmer oben an der Galerie und rief: ‹Leonie.›»

«Und dann?»

«Das Mädchen eilte zu ihr hinauf, und ich begab mich wieder ins Arbeitszimmer.»

«Während Sie am Fuß der Treppe standen, hätte da irgendjemand das Arbeitszimmer durch die Tür, die Sie offen gelassen hatten, betreten können?»

Carlile schüttelte den Kopf.

«Nicht ohne an mir vorbeizugehen. Die Tür zum Arbeitszimmer liegt, wie Sie sehen, am Ende des Korridors.»

Poirot nickte nachdenklich, und Mr. Carlile fuhr mit seiner gemessenen korrekten Stimme fort:

«Wenn ich so sagen darf, bin ich überaus dankbar, dass Lord Mayfield persönlich den Dieb durch die Terrassentür entwischen sah. Andernfalls befände ich mich in einer sehr unangenehmen Situation.»

«Unsinn, mein lieber Carlile», platzte Lord Mayfield heraus. «Auf Sie würde unter gar keinen Umständen ein Verdacht fallen.»

«Das ist sehr freundlich von Ihnen, Lord Mayfield, aber an Tatsachen lässt sich nun einmal nicht rütteln, und ich begreife durchaus, dass es für mich schlecht aussieht. Ich kann nur hoffen, dass meine Sachen und meine Person einer Durchsuchung unterzogen werden.»

«Unsinn, mein lieber Junge», brummte Mayfield.

«Wünschen Sie das im Ernst?», erkundigte sich Poirot ruhig.

«Ich würde es außerordentlich begrüßen.»

Poirot betrachtete ihn eine Weile gedankenvoll und murmelte schließlich: «Ich verstehe.» Dann fragte er: «Wo liegt Mrs. Vanderlyns Zimmer, vom Arbeitszimmer aus betrachtet?»

«Direkt darüber.»

«Besitzt es ein Fenster auf die Terrasse hinaus?»

«Ja.»

Wieder nickte Poirot.

«Begeben wir uns in den Salon», schlug er dann vor.

Hier wanderte er gemächlich herum, inspizierte die Terrassentürverriegelung, betrachtete flüchtig die Schreibblöcke auf dem Bridgetisch und wandte sich schließlich an Lord Mayfield.

«Diese Angelegenheit ist komplizierter, als sie auf den ersten Blick erscheint. Eines jedoch ist völlig sicher. Die gestohlenen Pläne befinden sich noch im Haus.»

Lord Mayfield starrte ihn verblüfft an.

«Aber, mein lieber Monsieur Poirot, der Mann, den ich aus dem Arbeitszimmer laufen sah …»

«Es gab keinen solchen Mann.»

«Aber ich habe ihn gesehen …»

«Mit allem Respekt, Lord Mayfield, Sie bildeten es sich nur ein. Der Schatten eines Astes hat Sie getäuscht. Die Tatsache, dass ein Diebstahl geschehen ist, erschien Ihnen natürlich ein Beweis dafür zu sein, dass Ihre Beobachtung der Wirklichkeit entsprach.»

«Also, Monsieur Poirot, ich habe mit eigenen Augen gesehen …»

«Meine Augen sind immerhin um Längen besser als Ihre, alter Freund», warf Sir George ein.

«Sie müssen mir gestatten, Lord Mayfield, dass ich auf meiner Feststellung beharre: Es ist niemand über die Terrasse auf die Wiese gelaufen.»

Mr. Carlile erbleichte. «In diesem Fall», sagte er steif, «fällt der Verdacht automatisch auf mich. Ich bin der einzige, der den Diebstahl begangen haben kann.»

Lord Mayfield sprang auf.

«Unsinn! Egal, wie Monsieur Poirot darüber denkt, ich schließe mich seiner Meinung nicht an. Ich bin überzeugt von Ihrer Unschuld, mein lieber Carlile. Ich bin sogar bereit, mich persönlich für Sie zu verbürgen.»

«Aber ich habe keineswegs behauptet, dass ich Mr. Carlile verdächtige», wandte Poirot mit sanfter Stimme ein.

«Nein», sagte Carlile, «doch aus Ihrer Feststellung geht klar hervor, dass nur ich als Täter in Frage komme.»

«*Du tout! Du tout!*»

«Aber ich habe Ihnen erklärt, dass niemand im Korridor an mir vorbei zur Tür des Arbeitszimmers gegangen ist.»

«Zugegeben. Es hätte jedoch jemand durch die Terrassentür ins Arbeitszimmer gelangen können.»

«Sie sagten doch gerade, das eben sei nicht geschehen!»

«Ich sagte, dass niemand von außerhalb hätte über die Wiese kommen und gehen können, ohne Spuren zu hinterlassen. Aber man hätte es von innerhalb des Hauses aus bewerkstelligen können. Man hätte sich beispielsweise vom Salon hier auf die Terrasse, von dort ins Arbeitszimmer und wieder zurück schleichen können.»

«Aber Lord Mayfield und Sir George Carrington waren auf der Terrasse», wandte Mr. Carlile ein.

«Sie waren auf der Terrasse, gewiss, doch sie waren *en Promenade.* Sir George Carringtons Augen mögen scharf sein wie die eines Adlers», Poirot vollführte eine kleine Verbeugung, «aber er hat sie nicht im Hinterkopf! Das Arbeitszimmer liegt ganz links außen, dann kommt der Salon hier, doch daran schließen sich noch zwei, drei, vielleicht sogar vier Räume an, die alle auf die Terrasse gehen.»

«Esszimmer, Billardzimmer, Frühstückszimmer und Bibliothek», ergänzte Lord Mayfield.

«Und wie viele Male sind Sie die Terrasse auf- und abspaziert?»

«Mindestens fünf- oder sechsmal.»

«Sehen Sie, es ist ganz einfach, der Dieb brauchte nur den richtigen Moment abzupassen.»

«Sie meinen also», sagte Carlile langsam, «während ich in der Halle war und mit der Französin sprach, hat der Dieb inzwischen im Salon gewartet?»

«Das ist eine Vermutung. Es ist freilich nichts als eine Vermutung.»

«Das klingt mir nicht sehr wahrscheinlich», brummte Lord Mayfield. «Viel zu riskant.»

«Da bin ich anderer Meinung, Charles», widersprach der Luftmarschall. «Es ist absolut möglich. Wieso bin ich bloß nicht selbst auf diese Idee gekommen!»

«Sie verstehen also», fuhr Poirot fort, «warum ich glaube, dass sich die Pläne noch im Haus befinden. Das Problem besteht nunmehr darin, sie zu finden.»

«Einfache Sache», murmelte Sir George. «Jeden durchsuchen!»

Lord Mayfield machte eine abwehrende Geste und wollte etwas sagen, aber Poirot kam ihm zuvor.

«Nein, nein, so einfach ist das auch wieder nicht. Die Person, die die Pläne gestohlen hat, wird eine derartige Durchsuchung voraussehen und dafür sorgen, dass die Pläne nicht bei ihr – oder ihm – gefunden werden. Sie wurden zweifellos an einem neutralen Ort versteckt.»

«Schlagen Sie etwa vor, dass wir im ganzen Haus Ostereiersuchen spielen sollen?»

Poirot lächelte. «Nein, nein, so plump brauchen wir nicht zu verfahren. Wir können das Versteck – beziehungsweise die Identität der schuldigen Person – auf Grund logischer Schlussfolgerungen ermitteln. Das wird die Dinge vereinfachen. Heute Vormittag würde ich mich gern mit jeder Person im Haus unterhalten. Es wäre meines Erachtens unklug, diese Befragungen zur jetzigen Stunde abzuhalten.»

Lord Mayfield nickte. «Erregt zu viel Aufsehen, wenn wir sie um drei Uhr morgens aus den Betten trommeln. Auf alle Fälle müssen Sie mit sehr viel Takt vorgehen. Die Sache darf unter keinen Umständen publik werden.»

Poirot machte eine beschwichtigende Geste.

«Überlassen Sie das Hercule Poirot. Die Lügen, die ich erfinde, sind stets höchst taktvoll und höchst überzeugend. Ich werde heute Vormittag mit meinen Nachforschungen beginnen. Heute Nacht jedoch würde ich gern noch Sie, Sir George, und Sie, Lord Mayfield, befragen.»

Er verbeugte sich vor ihnen.

«Sie meinen – unter vier Augen?»

«So meinte ich.»

Lord Mayfield richtete kurz den Blick zur Decke, dann

seufzte er: «Selbstverständlich. Ich lasse Sie mit Sir George allein. Wenn Sie mich brauchen, finden Sie mich im Arbeitszimmer. Kommen Sie, Carlile.»

Er und der Sekretär gingen hinaus und schlossen die Tür hinter sich.

Sir George nahm Platz und griff mechanisch nach einer Zigarette. Er blickte Poirot forschend an.

«Wissen Sie», sagte er langsam, «ich begreife das Ganze nicht.»

«Es lässt sich sehr leicht erklären», erwiderte Poirot mit einem Lächeln. «Genauer gesagt, mit zwei Worten: Mrs. Vanderlyn!»

«Oh! Ich verstehe! Mrs. Vanderlyn!»

«Genau. Sehen Sie, es wäre vielleicht nicht sehr taktvoll, wenn ich die Frage, die ich stellen möchte, an Lord Mayfield richtete. Warum Mrs. Vanderlyn? Die Dame gilt allgemein als suspekt. Aus welchem Grund ist sie dann hier?

Ich sage mir, es gibt drei mögliche Erklärungen. Erstens, dass Lord Mayfield ein *penchant* für die Dame hat – und das ist der Grund, warum ich Sie unter vier Augen sprechen wollte; ich möchte ihn nicht in Verlegenheit bringen. Zweitens, dass Mrs. Vanderlyn vielleicht die verehrte Freundin eines anderen Hausgenossen ist?»

«Mich können Sie streichen.» Sir George lächelte ironisch.

«Nun, wenn keine dieser beiden Erklärungen zutrifft, so erhält die Frage doppeltes Gewicht: warum Mrs. Vanderlyn? Und mir scheint, als erkenne ich vage eine Antwort. Es gab einen Grund dafür. Ihre Anwesenheit war von Lord Mayfield aus einem ganz bestimmten Grund gewünscht worden. Habe ich Recht?»

Sir George nickte.

«Sie haben vollkommen Recht. Mayfield ist ein zu alter Hase, um auf ihre Verführungskünste hereinzufallen. Er hat sie aus einem ganz bestimmten Grund eingeladen. Es ging dabei um Folgendes.»

Er wiederholte das Gespräch, das er nach dem Abendessen mit Lord Mayfield gehabt hatte. Poirot hörte aufmerksam zu.

«Aha», sagte er schließlich, «jetzt begreife ich. Trotzdem scheint mir, dass die Dame Sie beide sehr elegant ausmanövriert hat.»

Sir George ließ sich zu einigen unschönen Worten hinreißen.

Poirot betrachtete ihn mit einem Anflug von Belustigung, dann sagte er:

«Sie zweifeln also nicht daran, dass dieser Diebstahl ihr Werk ist – ich meine, dass sie dafür verantwortlich ist, gleichgültig, ob sie eine aktive Rolle dabei gespielt hat oder nicht?»

Sir George starrte ihn an. «Natürlich nicht! Darüber gibt es nicht den geringsten Zweifel! Und überhaupt, wer hätte sonst irgendein Interesse daran haben können, diese Pläne zu stehlen?»

«Ah!»,rief Hercule Poirot und blickte zur Decke. «Bedenken Sie jedoch, Sir George, vor noch nicht einer Viertelstunde sind wir uns einig geworden, dass diese Pläne auch einen Wert in barem Geld darstellen. Nicht in einer konkreten Form wie Banknoten oder Gold oder Juwelen, trotzdem jedoch in Geld umsetzbar. Wenn es hier beispielsweise jemand gäbe, der finanzielle Sorgen hat...»

Der andere unterbrach ihn mit einem verächtlichen Schnauben.

«Wer hätte die heutzutage nicht? Ich hoffe, ich darf das sagen, ohne den Verdacht gleich auf mich zu lenken.»

Er lächelte gezwungen. Poirot lächelte höflich zurück und murmelte: «*Mais oui*, Sie können sagen, was Sie wollen, denn Sie, Sir George, haben das einzige unerschütterliche Alibi in dieser ganzen Affäre.»

«Aber ich bin finanziell verdammt unter Druck!»

Poirot schüttelte betrübt den Kopf.

«Nun ja, ein Mann in Ihrer Position hat hohe Lebenshaltungskosten. Dazu ein Sohn im kostspieligsten Alter...»

Sir George stöhnte. «Die Studienkosten sind schon hoch genug, und dann noch Schulden! Dabei ist der Junge kein schlechter Kerl, wissen Sie.»

Poirot lauschte teilnahmsvoll, während Sir George seinem angestauten Groll Luft machte: Der Mangel an Energie und Standvermögen bei der jüngeren Generation. Die Rücksichtslosigkeit der Mütter, die ihre Kinder verzogen und immer für sie Partei ergriffen. Der Fluch der Spielleidenschaft, vor allem bei Frauen. Die Verrücktheit, um höhere Einsätze zu spielen, als man es sich leisten konnte. Sir George sprach ganz allgemein und spielte nicht direkt auf seine Frau oder seinen Sohn an, aber er war ein so ehrlicher und offener Mensch, dass sich unschwer erraten ließ, auf wen seine Worte gemünzt waren.

Plötzlich unterbrach er sich.

«Entschuldigen Sie, ich sollte Sie nicht behelligen mit

Dingen, die weitab vom Thema liegen, schon gar nicht mitten in der Nacht – beziehungsweise frühmorgens.»

Er unterdrückte ein Gähnen.

«Ich schlage vor, Sir George, Sie begeben sich nun zur Ruhe. Haben Sie vielen Dank für Ihre überaus liebenswürdige Hilfe.»

«Gut, ich werde mich hinlegen. Meinen Sie wirklich, es besteht eine Chance, die Pläne wiederzubekommen?»

Poirot zuckte die Achseln. «Warum nicht? Ich will es jedenfalls versuchen.»

«Na ja, ich gehe jetzt. Gute Nacht.» Er verließ das Zimmer.

Poirot blieb in seinem Sessel sitzen und blickte nachdenklich an die Decke. Dann zog er ein kleines Notizbuch hervor, blätterte bis zu einer leeren Seite und begann zu schreiben.

Mrs. Vanderlyn?
Lady Julia Carrington?
Mrs. Macatta?
Reggie Carrington?
Mr. Carlile?

Darunter notierte er:

Mrs. Vanderlyn und Mr. Reggie Carrington?
Mrs. Vanderlyn und Lady Julia?
Mrs. Vanderlyn und Mr. Carlile?

Er schüttelte unzufrieden den Kopf und brummte: «*C'est plus simple que ça.*»

Dann fügte er noch ein paar Sätze an.

«Sah Lord Mayfield einen Schatten? Wenn nicht, warum hat er es behauptet? Hat Sir George etwas gesehen? Er erklärte, nichts gesehen zu haben, *nachdem* ich den Rasen untersucht hatte. Anmerkung: Lord Mayfield ist kurzsichtig, liest ohne Brille, braucht aber ein Monokel, um Gegenstände am anderen Ende des Zimmers zu erkennen. Sir George ist weitsichtig. Deshalb sind seine Augen in diesem Fall verlässlicher als die von Lord Mayfield. Doch Lord Mayfield behauptet steif und fest, er habe etwas gesehen, und lässt sich durch seinen Freund nicht vom Gegenteil überzeugen!

Kann ein Mensch so über allen Verdacht erhaben sein, wie Mr. Carlile zu sein scheint? Lord Mayfield beteuert nachdrücklich seine Unschuld. Zu nachdrücklich. Warum? Weil er ihn insgeheim verdächtigt und sich über seinen Verdacht schämt? Oder weil er einen Verdacht gegen eine andere Person hat? Das hieße, jemand anders als Mrs. Vanderlyn?»

Er steckte das Notizbuch ein, stand auf und ging hinüber ins Arbeitszimmer.

5

Lord Mayfield saß an seinem Schreibtisch, als Poirot ins Arbeitszimmer trat. Er drehte sich hastig herum, legte den Federhalter weg und blickte Poirot fragend entgegen.

«Nun, Monsieur Poirot, ist Ihr Interview mit Sir George beendet?»

Poirot lächelte und nahm Platz.

«Ja, Lord Mayfield. Er hat mich über einen Punkt aufgeklärt, der mir einiges Kopfzerbrechen bereitet hatte.»

«Und was war das?»

«Der Grund für Mrs. Vanderlyns Hiersein. Sie begreifen, ich hielt es für möglich ...»

Mayfield erkannte sofort die Ursache von Poirots etwas übertriebener Verlegenheit.

«Sie dachten, ich habe eine Schwäche für die Dame? Keine Spur! Weit davon entfernt. Komisch. George dachte das gleiche.»

«Ja, er erzählte mir von dem Gespräch, das Sie über dieses Thema hatten.»

Lord Mayfield machte ein ziemlich betretenes Gesicht.

«Mein kleiner Plan ging leider schief. Ärgerlich, zugeben zu müssen, dass eine Frau einen hereingelegt hat.»

«Ah, aber noch hat sie es nicht geschafft, Lord Mayfield.»

«Sie denken, wir haben noch eine Chance? Na, das freut mich zu hören. Ich möchte gern glauben, dass es stimmt.» Er seufzte. «Mir scheint, ich habe mich wie ein kompletter Esel benommen – vor lauter Freude über meinen hübschen Plan, die Dame in eine Falle zu locken.»

Hercule Poirot zündete sich eine seiner kleinen Zigaretten an.

«Wie war denn eigentlich Ihr Plan, Lord Mayfield?»

«Nun ...» Lord Mayfield zögerte. «Die genauen Einzelheiten hatte ich mir noch nicht überlegt.»

«Sie haben mit niemand darüber gesprochen?»

«Nein.»

«Auch nicht mit Mr. Carlile?»

«Nein.»

Poirot lächelte. «Sie handeln gern auf eigene Faust, Lord Mayfield?»

«Erfahrungsgemäß halte ich das für die beste Methode», sagte der andere etwas grimmig.

«Ja, Sie sind ein kluger Mann: *Traue niemand!* Aber mit Sir George Carrington haben Sie schließlich doch darüber gesprochen?»

«Einfach deshalb, weil ich merkte, dass der Gute sich ernstliche Sorgen um mich machte.»

Lord Mayfield lächelte bei der Erinnerung.

«Er ist ein Freund von Ihnen?»

«Ja, wir kennen uns seit über zwanzig Jahren.»

«Und seine Frau?»

«Ich kenne natürlich auch seine Frau sehr gut.»

«Aber – verzeihen Sie meine Aufdringlichkeit – Sie stehen nicht auf dem gleichen vertrauten Fuß mit ihr?»

«Ich sehe eigentlich nicht ein, was meine persönlichen Beziehungen zu anderen Leuten mit dem vorliegenden Fall zu tun haben, Monsieur Poirot.»

«Ich dagegen bin der Meinung, Lord Mayfield, dass sie eine ganze Menge damit zu turn haben könnten. Sie waren doch ebenfalls der Ansicht, dass meine Theorie, der Täter sei möglicherweise aus dem Salon gekommen, zutreffend sein könnte, nicht wahr?»

«Ja. Mehr noch, ich stimme mit Ihnen überein, dass es sich so abgespielt haben muss.»

«Wir wollen nicht sagen ‹muss›. Es ist ein zu rigoroses Wort.

Wenn meine Vermutung also der Wahrheit entspricht

– wer, glauben Sie, könnte die Person im Salon gewesen sein?»

«Mrs. Vanderlyn, das ist doch sonnenklar. Einmal kam sie ja bereits in den Salon zurück, um das vergessene Buch zu holen. Ebensogut könnte sie noch einmal zurückgekehrt sein, unter irgendeinem anderen Vorwand – eine vergessene Handtasche, ein liegen gebliebener Schal, es gibt für eine Frau ein Dutzend Entschuldigungsgründe. Sie verabredet mit ihrer Zofe, dass diese im passenden Moment schreit und Carlile damit aus dem Arbeitszimmer lockt. Dann schlüpft sie ungesehen durch die Terrassentür und wieder zurück, wie Sie vorhin gesagt haben.»

«Mrs. Vanderlyn kann es nicht gewesen sein. Sie vergessen eines: Mr. Carlile hörte sie von oben nach ihrer Zofe rufen, während er mit dem Mädchen sprach.»

Lord Mayfield biss sich auf die Lippen.

«Richtig. Das hatte ich vergessen.» Er sah sehr ärgerlich aus. «Sehen Sie», sagte Poirot milde, «wir machen Fortschritte. Wir beginnen mit der simplen Erklärung, dass ein Dieb von außerhalb eingestiegen ist und sich mit der Beute davongemacht hat. Eine sehr bequeme Erklärung, wie ich gleich zu Anfang feststellte, zu bequem, als dass man sie unbesehen akzeptieren dürfte. Diese Möglichkeit haben wir inzwischen ausgeschlossen. Dann kommen wir zu der Theorie der ausländischen Agentin, Mrs. Vanderlyn, und wiederum scheinen alle Fakten wunderbar zusammenzupassen – bis zu einem bestimmten Punkt. Nun jedoch sieht es so aus, als sei auch diese Theorie zu einfach – zu bequem, als dass wir sie akzeptieren könnten.»

«Sie würden Mrs. Vanderlyn von jeder Schuld reinwaschen?»

«Die fragliche Person im Salon war jedenfalls nicht Mrs. Vanderlyn. Möglicherweise war es ihr Komplice, aber es wäre auch denkbar, dass der Diebstahl von einer ganz anderen Person verübt worden ist. In dem Fall müssen wir uns die Frage nach dem Motiv stellen.»

«Ist das nicht sehr an den Haaren herbeigezogen, Monsieur Poirot?»

«Das glaube ich nicht. Überlegen wir, welches Motiv könnte hier in Frage kommen. Ein finanzielles Motiv? Vielleicht wurden die Papiere einfach zu dem Zweck gestohlen, sie in Bargeld zu verwandeln. Dies wäre der einleuchtendste Grund. Hinter der Tat könnte jedoch auch ein völlig anderes Motiv stecken.»

«Nämlich?»

«Die Absicht, einer gewissen Person zu schaden, zum Beispiel», sagte Poirot langsam.

«Wem denn?»

«Möglicherweise Mr. Carlile. Gegen ihn würde sich logischerweise der Verdacht zuerst richten. Aber vielleicht steckt mehr dahinter. Männer, die die Geschicke eines Landes lenken, Lord Mayfield, sind durch die öffentliche Meinung besonders leicht verwundbar.»

«Wollen Sie damit sagen, der Diebstahl habe das Ziel gehabt, meinem Ruf in der Öffentlichkeit zu schaden?»

Poirot nickte.

«Ich glaube mich nicht zu irren, Lord Mayfield, wenn ich sage, dass Sie vor etwa fünf Jahren eine etwas schwierige Phase durchgemacht haben. Man verdächtigte Sie freundschaftlicher Beziehungen zu einer europäischen Macht, die damals bei der Wählerschaft dieses Landes äußerst unpopulär war.»

«Das ist absolut richtig, Monsieur Poirot.»

«Ein Politiker steht heutzutage vor einer schwierigen Aufgabe. Einerseits muss er eine Politik verfolgen, die seiner Überzeugung nach seinem Land zum Vorteil gereicht, gleichzeitig jedoch darf er die Macht der öffentlichen Meinung nicht außer Acht lassen. Die öffentliche Meinung ist sehr oft sentimental, konfus und überaus unvernünftig, dennoch muss man auf sie Rücksicht nehmen.»

«Wie gut Sie das formulieren! Genau das ist das verwünschte Dilemma, in dem man heutzutage als Politiker steckt. Man muss sich der öffentlichen Meinung beugen, auch wenn man weiß, wie gefährlich und verrückt sie ist.»

«Darin bestand, glaube ich, damals auch Ihr Dilemma. Es gingen Gerüchte um, dass Sie mit dem betreffenden Land ein Abkommen geschlossen hatten. Das Land und die Presse liefen Sturm dagegen. Glücklicherweise hat der Premierminister die Geschichte entschieden bestritten, und auch Sie wiesen alle Anschuldigungen zurück, obwohl Sie kein Hehl daraus machten, wo Ihre Sympathien lagen.»

«Das ist alles völlig richtig, Monsieur Poirot, doch warum alte Geschichten wieder aufwärmen?»

«Weil ich es für möglich halte, dass einer Ihrer Gegner in seiner Enttäuschung über Ihren damaligen Sieg den Versuch unternehmen könnte, Sie wieder in Schwierigkeiten zu bringen. Sie haben seinerzeit das Vertrauen der Öffentlichkeit sehr bald wiedergewonnen: Die damalige Lage hat sich inzwischen geändert, Sie sind heute verdientermaßen eine der populärsten Gestalten im politischen Leben. Man spricht von Ihnen offen als dem kommenden Premierminister, sollte Mr. Humberly zurücktreten.»

«Sie halten das Ganze für einen Versuch, meinen Ruf als Politiker zu ruinieren? Unsinn!»

«*Tout de même*, Lord Mayfield, es sähe nicht gut aus, wenn bekannt würde, dass Ihnen die Konstruktionspläne für Englands neuen Bomber gestohlen wurden, und zwar ausgerechnet während einer Wochenendeinladung, auf der eine gewisse, überaus reizende Dame Ihr Gast war. Diskrete Anspielungen in der Presse über Ihre Beziehung zu der betreffenden Dame könnten leicht ein gewisses Misstrauen hervorrufen.»

«So etwas würde kein Mensch ernst nehmen.»

«Mein lieber Lord Mayfield, Sie wissen ganz genau, dass das nicht stimmt! Oft braucht es nur eine Kleinigkeit, um das Vertrauen der Öffentlichkeit in einen Menschen zu untergraben.»

«Ja, das ist richtig.» Lord Mayfield sah plötzlich sehr besorgt aus. «Mein Gott! Diese elende Geschichte wird immer komplizierter. Glauben Sie wirklich – aber nein, das ist doch ausgeschlossen – ausgeschlossen!»

«Sie kennen niemand, der – eifersüchtig auf Sie ist?»

«Absurd!»

«Auf jeden Fall müssen Sie zugeben, dass meine Fragen über Ihre persönlichen Beziehungen zu den verschiedenen Gästen dieser Wochenendgesellschaft nicht völlig irrelevant sind.»

«Oh, mag sein – mag sein. Sie haben mich nach Julia Carrington gefragt. Da gibt's wirklich nicht viel zu sagen. Sie war mir nie besonders sympathisch, und ich glaube auch nicht, dass sie viel Sympathie für mich empfindet.

Sie ist eine hektische, nervöse Person, von einer geradezu hemmungslosen Verschwendungssucht und dazu eine fanatische Kartenspielerin. Außerdem, glaube ich, ist sie noch dermaßen in ihren altmodischen Wertvorstellungen gefangen, dass sie mich verachtet, weil ich ein Selfmademan bin.»

«Ehe ich herkam, habe ich im *Who's who* nachgeschlagen. Sie waren Direktor einer berühmten Maschinenbaufirma und sind selbst ein vorzüglicher Ingenieur.»

«Allerdings, es gibt von der Praxis her wohl nichts, was ich nicht kenne. Ich habe mich ganz von unten hochgearbeitet.»

Lord Mayfields Stimme klang bitter.

«O la la!», rief Poirot plötzlich. «Was für ein Narr bin ich gewesen – was für ein Narr!»

Der andere starrte ihn erstaunt an.

«Wie bitte?»

«Mir ist eben ein Teil des Rätsels klar geworden. Ich hatte etwas übersehen … Aber es passt alles zusammen. Ja, es fügt sich mit wundervoller Genauigkeit in das übrige Puzzlespiel ein!»

Lord Mayfield starrte ihn halb erstaunt, halb fragend an. Doch Poirot schüttelte leise lächelnd den Kopf.

«Nein, nein, nicht jetzt. Ich muss meine Gedanken erst noch ordnen.» Er erhob sich. «Gute Nacht, Lord Mayfield. Ich glaube, ich weiß jetzt, wo sich die Pläne befinden.»

«Sie wissen es?», rief Lord Mayfield. «Dann holen wir sie uns doch gleich!»

Poirot schüttelte abermals den Kopf.

«Nein, nein, das geht nicht. Übereiltes Handeln wäre fatal. Überlassen Sie ruhig alles Hercule Poirot.»

Damit ging er aus dem Zimmer. Lord Mayfield hob verächtlich die Schultern.

«Der Kerl ist ein Scharlatan», grollte er. Dann räumte er die Akten weg, machte das Licht aus und begab sich ebenfalls zu Bett.

6

«Wenn wirklich ein Einbruch stattgefunden hat, warum, zum Teufel, holt der alte Mayfield nicht die Polizei?», fragte Reggie Carrington, während er seinen Stuhl vom Frühstückstisch zurückschob.

Er war als letzter heruntergekommen. Sein Gastgeber, Mrs. Macatta und Sir George hatten schon fertig gegessen. Seine Mutter und Mrs. Vanderlyn frühstückten im Bett.

Sir George erzählte seine Geschichte so, wie es zwischen Lord Mayfield und Hercule Poirot besprochen worden war, doch er hatte dabei das deutliche Gefühl, dass er sich nicht so geschickt anstellte, wie er sollte.

«Stattdessen so einen komischen Ausländer kommen zu lassen, also, das finde ich reichlich merkwürdig», sagte Reggie. «Was ist denn gestohlen worden, Vater?»

«Das weiß ich nicht so genau, mein Junge.»

Reggie stand auf. Er sah an diesem Morgen ziemlich nervös und gereizt aus.

«Nichts Wichtiges? Keine – keine Papiere oder so was?»

«Ehrlich gesagt, Reggie, ich kann dir die Frage nicht beantworten.»

«Geheimsache, was? Versteh schon.»

Reggie rannte die Treppe hinauf. Auf halber Höhe blieb er für einen Augenblick stehen und runzelte die Stirn, dann setzte er seinen Weg fort und klopfte an die Tür zum Zimmer seiner Mutter. Sie rief, er solle hereinkommen.

Lady Julia saß im Bett und war damit beschäftigt, Zahlen auf die Rückseite eines Briefkuverts zu kritzeln.

«Guten Morgen, Liebling.» Sie blickte auf und fügte in scharfem Ton hinzu: «Reggie, ist etwas passiert?»

«Nicht viel. Anscheinend ist letzte Nacht eingebrochen worden.»

«Eingebrochen? Was wurde gestohlen?»

«Ach, ich weiß nicht. Es ist alles sehr geheim. Da sitzt so ein komischer Typ von einem Privatdetektiv unten und stellt allen Leuten Fragen.»

«Wie merkwürdig!»

«Ziemlich unangenehm», sagte Reggie langsam, «in einem Haus zu Gast zu sein, wenn solche Sachen passieren.»

«Was ist denn nun eigentlich passiert?»

«Keine Ahnung. Das Ganze hat sich anscheinend abgespielt, nachdem wir alle zu Bett gegangen waren. Pass auf, Mutter, beinahe hättest du das Tablett hinuntergeworfen!»

Er brachte das Frühstückstablett in Sicherheit und trug es zu einem Tisch am Fenster.

«Ist Geld gestohlen worden?»

«Ich sag dir doch, ich weiß es nicht.»

«Ich nehme an, dieser Detektiv wird alle ausfragen wollen.»

«Vermutlich.»

«Wo man sich gestern Abend aufgehalten hat und so?»

«Wahrscheinlich. Na, ich kann ihm nicht viel erzählen. Ich ging sofort zu Bett und war im Nu eingeschlafen.»

Lady Julia antwortete nicht.

«Sag mal, Mutter, du könntest mir nicht vielleicht ein bisschen Geld pumpen? Ich bin völlig pleite.»

«Nein, das könnte ich nicht», erwiderte Lady Julia entschieden. «Ich habe selbst mein Konto fürchterlich überzogen. Ich weiß nicht, was dein Vater sagen wird, wenn er es erfährt.»

Es klopfte, und Sir George trat ein.

«Ah, da bist du, Reggie. Würdest du bitte hinunter in die Bibliothek gehen. Monsieur Hercule Poirot möchte dich sprechen.»

Poirot hatte soeben seine Unterhaltung mit der gefürchteten Mrs. Macatta beendet.

Einige wenige Fragen hatten ergeben, dass Mrs. Macatta kurz vor elf zu Bett gegangen war und nichts Wichtiges gesehen oder gehört hatte.

Poirot lenkte das Gespräch vorsichtig vom Einbruch auf persönlichere Dinge. Er sei ein großer Bewunderer von Lord Mayfield und halte ihn für einen wahrhaft großen Mann. Freilich sei Mrs. Macatta als Fachmann weit besser in der Lage, ein richtiges Urteil abzugeben.

«Lord Mayfield hat Verstand», räumte Mrs. Macatta ein. «Und er hat ohne fremde Hilfe Karriere gemacht. Er verdankt sie nicht irgendwelchen Familienbeziehungen. Vielleicht fehlt ihm ein wenig der Weitblick. Da sind bedauerlicherweise alle Männer gleich, finde ich. Es fehlt ihnen die Größe der weiblichen Phantasie. Die Frau,

Monsieur Poirot, wird in zehn Jahren die bestimmende Kraft in der Regierung sein.»

Davon sei er überzeugt, erwiderte Poirot.

Er brachte das Gespräch auf Mrs. Vanderlyn. Treffe es zu, was er gerüchteweise gehört habe, dass nämlich sie und Lord Mayfield sehr eng befreundet seien?

«Keineswegs. Um die Wahrheit zu sagen, ich war sehr erstaunt, ihr hier zu begegnen. Wirklich sehr erstaunt!»

Poirot fragte Mrs. Macatta nach ihrer Meinung über Mrs. Vanderlyn – und bekam einiges zu hören.

«Eine von diesen völlig nutzlosen Frauen, Monsieur Poirot. Frauen, die einen am eigenen Geschlecht verzweifeln lassen! Eine Schmarotzerin, ja, eine Schmarotzerin durch und durch.»

«Die Männer bewundern sie?»

«Männer!», schnaubte Mrs. Macatta verachtungsvoll. «Männer lassen sich immer von solchen aufdringlichen körperlichen Vorzügen beeindrucken. Nehmen Sie nur den jungen Reggie Carrington; wie er jedes Mal rot wird, wenn sie mit ihm spricht, wie lachhaft geschmeichelt er sich fühlt, dass sie überhaupt Notiz von ihm nimmt! Und diese albernen Komplimente, mit denen sie ihn überschüttete. Lobte sein Bridgespiel in den höchsten Tönen, obwohl er in Wirklichkeit keineswegs glänzend gewesen war.»

«Er ist kein guter Spieler?»

«Gestern Abend hat er jedenfalls alle möglichen Fehler gemacht.»

«Lady Julia spielt gut, nicht wahr?»

«Viel zu gut, meiner Meinung nach. Es ist schon fast ihr Beruf. Sie spielt morgens, mittags und abends.»

«Um hohe Einsätze?»

«Allerdings. Um viel höhere, als ich je riskieren würde. Ich finde so was nicht richtig.»

«Sie gewinnt hohe Summen?»

Mrs. Macatta stieß ein lautes, tugendhaft entrüstetes Schnauben aus.

«Sie hofft, dass sie auf diese Weise ihre Schulden bezahlen kann. Aber in der letzten Zeit hatte sie eine Pechsträhne, wie ich höre. Gestern Abend sah sie aus, als bedrücke sie etwas. Ja, Monsieur Poirot, die bösen Folgen des Glücksspiels sind nur wenig kleiner als die des Alkohols. Wenn ich zu bestimmen hätte, würde dieses Land gesäubert werden ...»

Poirot war gezwungen, sich einen ziemlich ausführlichen Vortrag über Englands moralische Erneuerung anzuhören. Danach beendete er taktvoll das Gespräch und ließ Reggie Carrington holen:

Als der junge Mann ins Zimmer kam, musterte er ihn aufmerksam und zog seine Schlüsse. Der weiche Mund, der sich mit einem gewinnenden Lächeln tarnte, das schwache Kinn, die weit auseinander stehenden Augen, die schmale Kopfform. Den Typ kannte er ziemlich gut.

«Mr. Reggie Carrington?»

«Ja. Kann ich etwas für Sie tun?»

«Erzählen Sie mir einfach, was gestern Abend los war.»

«Na, wollen mal sehen – also, wir haben Bridge gespielt, im Salon, und danach bin ich hinauf ins Bett.»

«Um wie viel Uhr war das?»

«Kurz vor elf. Ich vermute, der Einbruch ist später passiert.»

«Ja, später. Sie haben nichts gesehen oder gehört?»

Reggie schüttelte bedauernd den Kopf.

«Leider nicht. Ich bin sofort zu Bett gegangen. Ich habe einen ziemlich gesunden Schlaf.»

«Sie sind also vom Salon direkt in Ihr Schlafzimmer gegangen und dort bis zum nächsten Morgen geblieben?»

«Stimmt.»

«Sonderbar», sagte Poirot.

«Was meinen Sie mit ‹sonderbar›», fragte Reggie scharf.

«Sie haben nicht zum Beispiel einen Schrei gehört?»

«Nein.»

«Ah, sehr sonderbar!»

«Hören Sie mal, was wollen Sie damit sagen?»

«Sind Sie vielleicht ein bisschen schwerhörig?»

«Ganz und gar nicht.»

Poirot bewegte die Lippen. Vielleicht wiederholte er zum dritten Mal das Wort «sonderbar».

«Danke, Mr. Carrington», sagte er dann. «Das ist alles.»

Reggie erhob sich und blieb unentschlossen stehen.

«Wissen Sie», sagte er, «jetzt, wo Sie davon sprechen, ist mir, als hätte ich doch etwas gehört.»

«Ah, Sie haben doch etwas gehört?»

«Ja, aber sehen Sie, ich las gerade ein Buch – einen Kriminalroman übrigens, und da – na ja, da habe ich nicht weiter drauf geachtet.»

«Aha», sagte Poirot mit ausdrucksloser Miene. «Eine sehr einleuchtende Erklärung.»

Reggie zögerte noch einen Moment, dann drehte er sich um und ging zur Tür. Dort blieb er stehen.

«Was ist überhaupt gestohlen worden?», fragte er.

«Etwas sehr Wertvolles, Mr. Carrington. Das ist alles, was mir zu sagen gestattet ist.»

«Oh», murmelte Reggie verständnislos.

Er ging hinaus. Poirot nickte mehrmals mit dem Kopf.

«Es passt», sagte er leise. «Es passt alles sehr hübsch zusammen.»

Er drückte auf eine Klingel und erkundigte sich höflich, ob Mrs. Vanderlyn schon auf sei.

7

Mrs. Vanderlyn fegte ins Zimmer. Sie sah sehr hübsch aus. Sie trug ein raffiniert geschnittenes sportliches Kostüm von einem Rostrot, das die warmen Lichter in ihrem Haar betonte. Sie ließ sich in einen Sessel sinken und sah den kleinen Mann mit einem betörenden Lächeln an.

Für einen Augenblick blitzte hinter diesem Lächeln noch etwas anderes auf. Es mochte Triumph sein, vielleicht sogar Spott, und war fast sofort wieder verschwunden, aber Poirot hatte es bemerkt. Er fand es interessant.

«Einbrecher? Letzte Nacht? Wie furchtbar! O nein, ich habe nichts gesehen. Was ist mit der Polizei? Kann die nichts tun?»

Wieder blitzte für einen Moment Spott in ihren Augen auf. Es ist völlig klar, dass Sie keine Angst vor der Polizei haben, meine Liebe, dachte Poirot. Sie wissen sehr gut, dass man sie nicht rufen wird.

«Sie verstehen, Madame», sagte er laut, «es handelt sich um eine sehr delikate Affäre.»

«Aber gewiss doch, Monsieur – Poirot, nicht wahr? Es würde mir im Traum nicht einfallen, ein Wort darüber verlauten zu lassen. Ich bin eine viel zu große Bewunderin unseres lieben Lord Mayfield, um irgendetwas zu tun, was ihm auch nur den geringsten Kummer bereiten könnte.»

Sie schlug die Beine übereinander. An der Spitze ihres seidenbestrumpften Fußes baumelte ein auf Hochglanz geputzter brauner Lederhalbschuh. Sie lächelte. Ein warmes, unwiderstehliches Lächeln, in dem sich Gesundheit und eine tiefe Zufriedenheit ausdrückten.

«Sagen Sie mir doch bitte, ob ich Ihnen irgendwie behilflich sein kann?»

«Ich danke Ihnen, Madame. Sie haben gestern Abend im Salon Bridge gespielt?»

«Ja.»

«Wenn ich recht verstehe, sind die Damen danach alle zu Bett gegangen.»

«Das ist richtig.»

«Aber irgendjemand kam noch einmal zurück, um sich ein Buch zu holen. Das waren Sie, nicht wahr, Mrs. Vanderlyn?»

«Ich war die erste, ja.»

«Was heißt das, die erste?», fragte Poirot scharf.

«Ich kam sofort noch einmal zurück. Dann ging ich nach oben und klingelte meiner Zofe. Sie kam ewig nicht. Ich klingelte wieder. Dann ging ich hinaus auf die Galerie. Ich hörte ihre Stimme und rief sie herauf. Nachdem sie mir das Haar gebürstet hatte, schickte ich sie weg; sie war so nervös und fahrig, dass sich die Bürste ein- oder zweimal in meinen Haaren verwickelte. Und da, in dem Moment, als ich sie wegschickte, sah ich Lady Julia die

Treppe heraufkommen. Sie sagte mir, sie habe sich unten auch noch ein Buch geholt. Eigenartig, nicht wahr?»

Mrs. Vanderlyn lächelte wieder, diesmal ein breites, katzenhaftes Lächeln. Sie mochte Lady Julia Carrington nicht, stellte Poirot bei sich fest.

«Sie sagen es, Madame. Noch eine Frage: Haben Sie Ihre Zofe schreien gehört?»

«O ja, ich habe so etwas gehört.»

«Haben Sie sie danach gefragt?»

«Ja. Sie behauptete, sie habe eine schwebende Gestalt in Weiß gesehen – so ein Unsinn!»

«Was hat Lady Julia gestern getragen?»

«Ach, Sie meinen, vielleicht – ja, ich verstehe! In der Tat, sie trug ein weißes Abendkleid. Natürlich, das erklärt alles. Das Mädchen muss sie in der Dunkelheit bloß als weiße Gestalt wahrgenommen haben. Diese jungen Dinger sind so abergläubisch.»

«Das Mädchen ist schon lange bei Ihnen, Madame?»

«O nein.» Mrs. Vanderlyn sah ihn mit großen Augen an. «Erst seit ungefähr fünf Monaten.»

«Ich würde nachher gern mit ihr sprechen, wenn Sie nichts dagegen haben, Madame.»

Mrs. Vanderlyn zog die Augenbrauen hoch.

«Gewiss», sagte sie kühl.

«Sie verstehen, ich möchte sie einem Verhör unterziehen.»

«Aber ja.»

Wieder jenes spöttische Aufblitzen.

Poirot stand auf und verbeugte sich.

«Madame», sagte er, «Sie haben meine ganze Bewunderung.»

Mrs. Vanderlyn schien ausnahmsweise eine Spur verblüfft.

«Oh, Monsieur Poirot, wie nett von Ihnen. Aber warum?»

«Sie sind, Madame, gegen alles so gewappnet, Sie sind so selbstsicher.»

Mrs. Vanderlyn lachte ein wenig betroffen.

«Ich frage mich, ob ich das als Kompliment auffassen soll.»

«Vielleicht ist es eher eine Warnung – vor einer überheblichen Haltung gegenüber dem Leben.»

Mrs. Vanderlyns Lachen klang wieder sicherer. Sie erhob sich und streckte die Hand aus.

«Lieber Monsieur Poirot, ich wünsche Ihnen viel Erfolg. Und ich danke Ihnen für all die reizenden Dinge, die Sie gesagt haben.»

Sie ging hinaus.

«So, so, Sie wünschen mir viel Erfolg», murmelte Poirot vor sich hin. «Aber Sie sind überzeugt, dass ich keinen Erfolg haben werde! O ja, Sie sind fest davon überzeugt. Und das ärgert mich sehr!»

Mit einer gewissen Gereiztheit betätigte er die Klingel und bat, Mademoiselle Leonie zu ihm zu schicken.

Während sie zögernd auf der Schwelle stehen blieb, glitt Poirots Blick abschätzend über ihr schwarzes Kleid, die sauber gescheitelten welligen schwarzen Haare und die bescheiden niedergeschlagenen Augen. Er nickte anerkennend.

«Kommen Sie nur herein, Mademoiselle Leonie», sagte er. «Haben Sie keine Angst!»

Sie kam näher und blieb ernst vor ihm stehen.

«Wissen Sie», sagte Poirot in plötzlich völlig verändertem Ton, «dass Ihr Anblick eine Freude ist?»

Leonie reagierte sofort. Sie warf ihm aus den Augenwinkeln einen raschen Blick zu und sagte mit leiser Stimme: «Monsieur sind sehr gütig.»

«Stellen Sie sich vor», fuhr Poirot fort, «da frage ich Mr. Carlile, ob Sie hübsch sind oder nicht, und er antwortet, er wisse es nicht!»

Leonie reckte verächtlich das Kinn.

«Dieser Ölgötze!»

«Das trifft es genau!»

«Ich glaube, er hat noch nie im Leben ein Mädchen auch nur angesehen.»

«Wahrscheinlich nicht. Schade. Er hat etwas versäumt. Aber es gibt andere Leute im Haus, die so was mehr zu schätzen wissen, nicht wahr?»

«Wirklich, ich verstehe nicht, was Monsieur meinen.»

«O doch, Mademoiselle Leonie, das verstehen Sie sehr gut. Eine hübsche Geschichte, die Sie da gestern Abend über das Gespenst erzählten, das Sie angeblich gesehen haben. Sobald ich hörte, dass Sie dastanden und die Hände an den Kopf hielten, war mir klar, dass von einem Gespenst keine Rede sein konnte. Wenn eine Frau Angst hat, fasst sie sich ans Herz oder presst die Hände vor den Mund, um einen Schrei zu ersticken, wenn sie jedoch mit den Händen an ihr Haar fasst, so bedeutet das etwas ganz anderes. Es bedeutet, dass ihre Frisur zerzaust ist und sie sie hastig wieder in Ordnung bringen will! Nun, Mademoiselle, die Wahrheit bitte! Warum haben Sie auf der Treppe geschrien?»

«Aber, Monsieur, es ist wahr, ich habe eine Gestalt in Weiß gesehen …»

«Mademoiselle, beleidigen Sie nicht meine Intelligenz! Ihre Geschichte mag für Mr. Carlile gut genug sein, aber sie ist nicht gut genug für Hercule Poirot. Die Wahrheit ist, dass Sie gerade einen Kuss bekommen hatten, nicht wahr? Und wenn ich es richtig errate, war es Mr. Reggie Carrington, der Sie geküsst hat.»

Leonie blinzelte ihm zu.

«*Eh bien*», sagte sie schnippisch, «was ist schließlich schon ein Kuss?»

«Eben», entgegnete Poirot ritterlich.

«Sehen Sie, der junge Herr stand plötzlich hinter mir und fasste mich um die Taille – natürlich hat er mich damit erschreckt, und ich schrie. Wenn ich gewusst hätte – na ja, klar, dass ich dann nicht geschrien hätte.»

«Klar», stimmte Poirot zu.

«Er schlich sich an wie eine Katze. Und dann ging die Tür zum Arbeitszimmer auf, und heraus kam *Monsieur le Secrétaire*, und der junge Herr verschwand nach oben, und ich stand mit dummem Gesicht da. Natürlich musste ich etwas sagen – vor allem, weil …» Sie verfiel ins Französische, «*un jeune homme comme ça, tellement comme il faut!*»

«Also erfanden Sie ein Gespenst.»

«Ja, Monsieur, etwas anderes ist mir nicht eingefallen. Eine große Gestalt in Weiß, die durch die Luft schwebte. Es ist lächerlich, aber was sollte ich machen?»

«Nichts. Damit ist jetzt alles erklärt. Ich hatte von Anfang an so meinen Verdacht.»

Leonie warf ihm einen herausfordernden Blick zu.

«Monsieur sind sehr klug und sehr wohl wollend.»

«Und da ich Ihnen in dieser Sache keine Schwierigkeiten bereiten werde, würden Sie mir wohl auch einen Gefallen tun?»

«Sehr gern, Monsieur.»

«Was wissen Sie über die Angelegenheiten Ihrer Herrin?»

Das Mädchen zuckte die Achseln.

«Nicht viel, Monsieur. Ich mache mir natürlich so meine Gedanken.»

«Und die wären?»

«Na, es fällt mir auf, dass Madames Freunde immer Offiziere sind, vom Heer oder von der Marine oder von der Luftwaffe. Und dann gibt es noch andere Freunde – ausländische Herren, die sie manchmal ganz unauffällig besuchen. Madame ist sehr hübsch, wenn auch nicht mehr lange, glaube ich. Die jungen Männer finden sie sehr attraktiv. Manchmal reden sie dann wohl zu viel. Aber das ist nur so eine Idee von mir. Madame zieht mich nicht ins Vertrauen.»

«Sie wollen damit zu verstehen geben, dass Madame sich nicht in die Karten schauen lässt?»

«Das ist richtig, Monsieur.»

«In anderen Worten, Sie können mir nicht weiterhelfen.»

«Ich fürchte, nein, Monsieur. Ich täte es, wenn ich könnte.»

«Sagen Sie mal, hat Ihre Herrin heute gute Laune?»

«Unbedingt, Monsieur.»

«Es ist etwas geschehen, was sie freut?»

«Sie ist schon so, seit wir herkamen.»

«Nun, Leonie, Sie sollten das beurteilen können.»

«Bestimmt, Monsieur», erwiderte das Mädchen nachdrücklich. «Ich täusche mich nicht. Ich kenne alle Stimmungen von Madame. Sie ist in bester Laune.»

«Richtiggehend triumphierend?»

«Das ist genau das Wort, Monsieur.»

Poirot nickte düster. «Ich finde das – etwas schwer erträglich. Dennoch scheint es mir leider unvermeidlich zu sein. Ich danke Ihnen, Mademoiselle. Das ist alles.»

«Ich danke Ihnen, Monsieur», entgegnete Leonie mit einem koketten Blick. «Sollte ich Monsieur auf der Treppe begegnen, seien Sie versichert, ich würde nicht schreien.»

«Mein Kind», erklärte Poirot mit Würde, «ich befinde mich in vorgerücktem Alter. Was habe ich mit solchen Frivolitäten noch zu schaffen?»

Leonie kicherte bloß und ging hinaus.

Poirot schritt langsam im Zimmer auf und ab. Seine Miene wurde ernst und besorgt.

«Und nun zu Lady Julia», sagte er schließlich. «Was sie mir wohl erzählen wird?»

Lady Julia war ruhig und selbstsicher. Sie nickte höflich, ließ sich auf dem Stuhl nieder, den Poirot ihr zuschob, und sprach mit leiser, kultivierter Stimme.

«Lord Mayfield sagt, dass Sie mir einige Fragen stellen möchten.»

«Ja, Madame. Es handelt sich um den gestrigen Abend.»

«Den gestrigen Abend, ach ja?»

«Was geschah, nachdem Sie Ihre Bridgepartie beendet hatten?»

«Mein Mann fand, es sei zu spät für ein weiteres Spiel. Ich ging hinauf ins Bett.»

«Und dann?»

«Dann schlief ich ein.»

«Das ist alles?»

«Ja. Ich fürchte, ich kann Ihnen nichts sagen, was irgendwie für Sie von Interesse wäre. Wann ist dieser –», sie zögerte, «dieser Einbruch passiert?»

«Bald nachdem Sie hinaufgegangen waren.»

«Ich verstehe. Und was wurde gestohlen?»

«Einige Privatpapiere, Madame.»

«Wichtige Papiere?»

«Sehr wichtige.»

Sie runzelte leicht die Stirn «Waren sie – wertvoll?»

«Ja, Madame, sie waren eine ganze Menge Geld wert.»

«Ach.»

Es folgte eine Pause, dann sagte Poirot: «Wie war das mit Ihrem Buch, Madame?»

«Mit meinem Buch?» Sie richtete einen erstaunten Blick auf ihn.

«Ich hörte es von Mrs. Vanderlyn – einige Zeit, nachdem die drei Damen sich zur Ruhe begeben hatten, seien Sie, Madame, noch einmal hinuntergegangen, um ein Buch zu holen.»

«Ja, das stimmt. Das hatte ich vergessen.»

«Während Sie im Salon waren, haben Sie da jemand schreien gehört?»

«Nein – doch – nein, ich glaube nicht.»

«Ich bitte Sie, Madame, Sie müssen den Schrei im Salon gehört haben.»

Lady Julia warf den Kopf zurück und erklärte mit fester Stimme: «Ich habe nichts gehört!»

Poirot zog die Augenbrauen hoch, gab aber keine Antwort.

Das Schweigen wurde peinlich. Lady Julia fragte abrupt: «Was wird denn unternommen?»

«Unternommen? Ich verstehe Sie nicht, Madame.»

«Ich meine, wegen des Diebstahls. Die Polizei muss doch etwas tun.»

Poirot schüttelte den Kopf.

«Die Polizei ist nicht hinzugezogen worden. Ich führe die Ermittlungen.»

Sie starrte ihn an. Ihr hageres, nervöses Gesicht erstarrte, und ihre dunklen Augen versuchten, seine gleichmütige Miene zu durchdringen.

Schließlich senkte sie resigniert den Blick.

«Sie können mir nicht sagen, welche Maßnahmen getroffen wurden?»

«Ich kann Ihnen nur versichern, Madame, dass ich nichts unversucht lassen werde.»

«Den Dieb zu fangen – oder – oder die Papiere wieder zu finden?»

«Die Papiere wieder zu finden ist die Hauptsache, Madame.» Ihr Verhalten änderte sich. Sie wirkte jetzt gelangweilt und uninteressiert.

«Ja», murmelte sie gleichgültig. «Das glaube ich.»

Abermals trat eine Pause ein.

«Ist sonst noch etwas, Monsieur Poirot?»

«Nein, Madame. Ich möchte Sie nicht länger belästigen.»

«Danke.»

Er hielt ihr die Tür auf. Sie ging an ihm vorbei, ohne ihn eines Blickes zu würdigen.

Poirot trat wieder an den Kamin und stellte vorsichtig die Nippes auf dem Sims anders auf. Er war noch damit beschäftigt, als Lord Mayfield durch die Terrassentür ins Zimmer trat.

«Nun, wie geht's?»

«Ausgezeichnet, glaube ich. Die Dinge entwickeln sich wunschgemäß.»

Lord Mayfield starrte ihn betroffen an.

«Erfreulich?»

«Nein, erfreulich nicht. Aber zufriedenstellend.»

«Wirklich, Monsieur Poirot, ich verstehe Sie nicht.»

«Ich bin kein solcher Scharlatan, wie Sie glauben.»

«Ich habe nie gesagt …»

«Nein, aber gedacht! Es tut nichts zur Sache. Ich bin nicht gekränkt. Manchmal ist es notwendig für mich, eine bestimmte Rolle zu spielen.»

Lord Mayfield musterte ihn zweifelnd und mit einer gewissen Portion Misstrauen. Hercule Poirot war ein Mann, aus dem er nicht schlau wurde. Er hätte ihn gern verachtet, aber etwas warnte ihn, dass dieser lächerliche kleine Mann nicht so harmlos war, wie er schien. Schon als Charles McLaughlin hatte er die Gabe besessen, verborgene Fähigkeiten in anderen Menschen zu erkennen.

«Nun ja, Sie tragen die Verantwortung. Was raten Sie uns als Nächstes?»

«Können Sie Ihre Gäste irgendwie loswerden?»

«Ich denke, das lässt sich arrangieren … Ich könnte erklären, dass ich wegen dieser Geschichte nach London muss. Dann werden sie wahrscheinlich von allein abreisen.»

«Ausgezeichnet. Versuchen Sie es auf diese Weise.»

Lord Mayfield zögerte. «Sie glauben nicht ...?»

«Ich bin überzeugt, dass es klug wäre, auf diese Weise zu verfahren.»

Lord Mayfield zuckte die Achseln.

«Na schön, wenn Sie meinen.»

Er ging hinaus.

8

Die Gäste reisten nach dem Mittagessen ab. Mrs. Vanderlyn und Mrs. Macatta fuhren mit dem Zug, die Carringtons hatten ihren Wagen da. Poirot stand in der Halle, während Mrs. Vanderlyn sich auf das liebenswürdigste von ihrem Gastgeber verabschiedete.

«Es tut mir so schrecklich Leid, dass Sie jetzt alle diese lästigen Aufregungen haben. Hoffentlich geht die Sache gut für Sie aus. Ich werde jedenfalls bestimmt keinem Menschen ein Wort erzählen.»

Sie drückte ihm die Hand und trat vor das Haus, wo der Rolls wartete, der sie zum Bahnhof bringen sollte. Mrs. Macatta saß bereits im Wagen. Ihr Lebewohl war knapp und kühl ausgefallen.

Plötzlich kam Leonie, die neben dem Chauffeur Platz nehmen wollte, noch einmal in die Halle gestürzt.

«Madames Toilettenkoffer ist nicht im Wagen», rief sie.

Es wurde hastig gesucht. Endlich entdeckte Lord Mayfield den fehlenden Koffer in einer dunklen Ecke neben einer alten Eichentruhe, wo man ihn offenbar aus Versehen abgestellt hatte. Mit einem freudigen Aufschrei ergriff Leonie das elegante Köfferchen aus grünem Saffianleder und eilte hinaus.

Dann lehnte sich Mrs. Vanderlyn aus dem Wagen.

«Lord Mayfield! Lord Mayfield!» Sie reichte ihm einen Brief. «Würden Sie den bitte mit Ihrer Post aufgeben? Wenn ich ihn in die Stadt mitnehme, bleibt er bestimmt tagelang in meiner Handtasche stecken. Das passiert mir immer wieder.»

Sir George ließ nervös den Deckel seiner Taschenuhr auf- und zuschnappen. Er war ein Pünktlichkeitsfanatiker.

«Das wird knapp», brummte er. «Sehr knapp. Wenn sie nicht aufpassen, versäumen sie den Zug ...»

«Ach, reg dich nicht auf, George», rief seine Frau gereizt. «Es ist schließlich ihr Zug, nicht unserer!»

Er sah sie vorwurfsvoll an.

Der Rolls fuhr davon.

Reggie kam mit dem familieneigenen Morris vorgefahren.

«Fertig zur Abfahrt, Vater», rief er.

Das Hauspersonal brachte das Gepäck der Carringtons und verstaute es im Wagen. Reggie überwachte die Prozedur.

Poirot trat vor die Haustür und beobachtete die Szene. Plötzlich spürte er eine Hand auf seinem Arm. Lady Julias erregte Stimme drang an sein Ohr.

«Monsieur Poirot», flüsterte sie, «ich muss Sie sprechen, jetzt gleich.»

Er ließ sich von ihr ins Haus ziehen. Sie führte ihn in ein kleines Frühstückszimmer, schloss die Tür und trat dicht vor ihn hin.

«Ist es wahr, was Sie gesagt haben – dass es Lord Mayfield in erster Linie auf die Wiederbeschaffung der Papiere ankommt?»

Poirot sah sie neugierig an.

«Das ist absolut richtig, Madame.»

«Wenn Sie diese Papiere zurückbekämen, würden Sie dann dafür sorgen, dass sie in Lord Mayfields Hände gelangen, ohne weitere Fragen zu stellen?»

«Ich weiß nicht, ob ich Sie richtig verstehe.»

«O doch! Bestimmt verstehen Sie mich! Ich wollte zum Ausdruck bringen, dass der – der Dieb anonym bleiben soll, falls die Papiere zurückgegeben werden.»

«Und wann würde das sein, Madame?»

«Auf jeden Fall innerhalb von zwölf Stunden.»

«Das können Sie mir versprechen?»

«Das kann ich Ihnen versprechen.»

Als er nicht antwortete, wiederholte sie drängend: «Garantieren Sie mir, dass es kein Aufsehen gibt?»

«Ja, Madame», antwortete er nun sehr ernst, «das garantiere ich Ihnen.»

«Dann kann die Angelegenheit geregelt werden.»

Sie verließ eilig das Frühstückszimmer. Einen Augenblick später hörte Poirot den Wagen abfahren.

Er durchquerte die Halle und ging den Korridor entlang zum Arbeitszimmer. Lord Mayfield blickte auf, als Poirot eintrat.

«Nun?», fragte er.

Poirot breitete die Hände aus.

«Der Fall ist abgeschlossen, Lord Mayfield.»

«Was?»

Poirot wiederholte Wort für Wort das Gespräch zwischen ihm und Lady Julia.

Lord Mayfield starrte ihn bestürzt an.

«Aber was bedeutet das? Ich verstehe es nicht.»

«Das ist doch klar, oder? Lady Julia weiß, wer die Pläne gestohlen hat.»

«Sie glauben doch nicht, sie hätte sie selbst gestohlen?»

«Gewiss nicht. Lady Julia mag eine Spielerin sein, eine Diebin ist sie nicht. Aber wenn sie uns anbietet, die Pläne zurückzubringen, so bedeutet das, dass diese entweder von ihrem Mann oder von ihrem Sohn gestohlen wurden. Ich glaube, ich kann die Ereignisse der vergangenen Nacht ziemlich genau rekonstruieren. Lady Julia ging gestern Abend in das Zimmer ihres Sohnes. Es war leer. Sie ging nach unten, um ihn zu suchen, fand ihn aber nicht. Heute Morgen hört sie von dem Diebstahl und hört auch, wie ihr Sohn erklärt, er sei sofort auf sein Zimmer gegangen und habe dieses nicht mehr verlassen. Sie weiß, das ist nicht wahr. Und sie weiß noch etwas anderes über ihren Sohn. Sie weiß, dass er labil ist und in einer verzweifelten finanziellen Situation. Sie hat seine Verliebtheit in Mrs. Vanderlyn beobachtet. Die Sache ist für sie sonnenklar. Mrs. Vanderlyn hat Reggie überredet, die Pläne für sie zu stehlen. Lady Julia fasst einen Entschluss: Sie will sich Reggie vorknöpfen, die Pläne wiederzubeschaffen und sie zurückzugeben.»

«Aber das Ganze ist doch völlig unmöglich», rief Lord Mayfield.

«Ja, es ist unmöglich. Aber das weiß Lady Julia nicht. Sie weiß nicht, was ich, Hercule Poirot, weiß, dass nämlich unser junger Reggie Carrington in der vergangenen Nacht nicht damit beschäftigt war, Papiere zu stehlen, sondern sich mit Mrs. Vanderlyns französischer Zofe vergnügte.»

«An der Geschichte ist also kein wahres Wort!»

«Sehr richtig.»

«Und der Fall ist keineswegs abgeschlossen!»

«Doch. Ich, Hercule Poirot – ich kenne die Wahrheit. Sie glauben mir nicht? Sie haben mir auch gestern nicht geglaubt, als ich Ihnen sagte, ich wüsste, wo die Pläne seien. Aber ich wusste es. Sie befanden sich ganz in unserer Nähe.»

«Wo?»

«In Ihrer Tasche, Mylord.»

Nach einer kurzen Pause sagte Lord Mayfield: «Wissen Sie eigentlich, was Sie da behaupten, Monsieur Poirot?»

«Ja, das weiß ich. Ich weiß, dass ich mit einem sehr klugen Mann spreche. Von Anfang an zerbrach ich mir den Kopf, warum Sie, der Sie zugegebenermaßen kurzsichtig sind, so sehr darauf bestanden, eine Gestalt gesehen zu haben, die aus der Terrassentür kam. Sie wünschten, dass diese Erklärung, die bequemste Erklärung, von allen akzeptiert würde. Warum? Später strich ich eine verdächtige Person nach der anderen von meiner Liste. Mrs. Vanderlyn war oben. Sir George befand sich bei Ihnen auf der Terrasse. Reggie Carrington stand mit der französischen Zofe auf der Treppe. Mrs. Macatta lag ohne jeden Zweifel im Bett und schlief. (Ihr Schlafzimmer liegt neben dem der Haushälterin, und Mrs. Macatta schnarcht.) Lady Julia hielt ganz offensichtlich ihren Sohn für schuldig. Es blieben also nur noch zwei Möglichkeiten. Entweder hatte Carlile die Papiere nicht auf den Schreibtisch gelegt, sondern in seine eigene Tasche gesteckt, was unsinnig wäre, denn wie Sie selbst ganz richtig sagten, hätte er ja jederzeit eine Kopie anfertigen können. Oder aber die Pläne lagen noch da, als Sie zum Schreibtisch gingen, und der einzige Ort, wo sie hingeraten sein konnten, war Ihre Jackentasche. In dem Fall war alles klar. Ihre hartnäckigen Beteuerungen, Sie hätten draußen eine Gestalt gesehen, Ihr Bestehen auf Carliles Unschuld, Ihre Abneigung, mich rufen zu lassen.

Aber eines bereitete mir immer noch Kopfzerbrechen – das Motiv. Sie sind, davon bin ich überzeugt, ein ehrlicher, integerer Mann. Dies verriet sich in Ihrer Besorgtheit, dass ein Unschuldiger in Verdacht geraten könnte. Auch lag es auf der Hand, dass die Geschichte Ihrer Karriere schaden würde. Warum also dieser unverständliche Diebstahl? Und endlich kam ich auf die Lösung: Jene Krise in Ihrer politischen Laufbahn vor einigen Jahren, die Versicherung des Premierministers in aller Öffentlichkeit, dass Sie mit dem bewussten Staat keine Verhandlungen geführt hatten. Angenommen, es entsprach nicht ganz der Wahrheit. Angenommen, es existieren Unterlagen – ein Brief vielleicht –, aus denen hervorging, dass Sie in Wirklichkeit eben doch getan hatten, was Sie offiziell bestritten. Ein solches Verhalten war im Interesse der Öffentlichkeit notwendig. Aber ich bezweifle, ob der Mann auf der Straße es so sehen würde. Das könnte bedeuten, dass in dem Augenblick, da das höchste Staatsamt in Ihre Hände gelegt werden soll, ein dummes Echo aus der Vergangenheit alles zunichte machen würde.

Ich vermute, dass sich die bewussten Dokumente in den Händen einer bestimmten Regierung befanden, dass besagte Regierung Ihnen ein Tauschgeschäft anbot – die

Dokumente gegen die Konstruktionspläne des neuen Bombers. Mrs. Vanderlyn spielte die Vermittlerin. Sie hatten sie eingeladen, um den Tausch zu bewerkstelligen. Sie haben sich selbst verraten, als Sie zugaben, dass Sie Ihren Plan, wie Sie sie in die Falle locken könnten, noch nicht genauer überlegt hätten. Dieses Eingeständnis ließ den Grund für ihre Einladung sehr wenig überzeugend erscheinen.

Sie haben den Diebstahl selbst inszeniert. Sie behaupteten, den Dieb auf der Terrasse gesehen zu haben, damit Carlile nicht in Verdacht geriet. Selbst wenn er nicht zufällig aus dem Zimmer gegangen wäre, der Schreibtisch stand so nahe an der Terrassentür, dass ein Dieb die Pläne an sich bringen hätte können, während Carlile mit dem Rücken zum Raum am Safe beschäftigt war. Sie gingen zum Schreibtisch, steckten die Pläne ein und trugen sie mit sich herum bis zu dem Augenblick, als Sie sie wie besprochen unbemerkt in Mrs. Vanderlyns Toilettenköfferchen legten. Als Gegenleistung händigte sie Ihnen getarnt als Brief, den Sie zur Post bringen sollten, die unglückseligen Dokumente aus.»

Poirot verstummte.

«Ihr Wissen ist absolut lückenlos, Monsieur Poirot», sagte Lord Mayfield. «Sie müssen mich für ein unglaubliches Stinktier halten.»

Poirot machte eine rasche abwehrende Geste.

«Nein, nein, Lord Mayfield, ich halte Sie, wie ich schon sagte, für einen sehr klugen Mann. Während unserer Unterhaltung gestern Abend wurde mir plötzlich alles klar. Sie sind ein erstklassiger Ingenieur. Ich vermute, dass die Konstruktionspläne des Bombers einige unauffällige

Veränderungen erfuhren, so geschickt gemacht, dass es schwierig sein dürfte festzustellen, warum das Flugzeug nicht so funktioniert, wie man gehofft hatte. Eine gewisse ausländische Macht wird feststellen, dass dieser Bombertyp ein Fehlschlag ist… Man wird sehr enttäuscht sein, davon bin ich überzeugt.»

Wieder schwiegen sie lange, dann sagte Lord Mayfield:

«Sie sind viel zu clever, Monsieur Poirot. Ich möchte Sie bitten, mir nur eins zu glauben: Ich habe Vertrauen in mich. Ich glaube, dass ich der richtige Mann bin, um England in den kritischen Zeiten zu führen, die ich für unser Land kommen sehe. Wenn ich nicht aufrichtig überzeugt wäre, dass mein Land mich als Steuermann des Staatsschiffes braucht, hätte ich niemals das getan, was ich tat – zum Wohl zweier Welten zu handeln und durch einen kleinen Trick mich selbst vor einer Katastrophe zu bewahren.»

«Mylord», sagte Poirot, «wenn Sie das nicht könnten, wären Sie kein Politiker.»

Ein Indiz zu viel

«Aber vor allem – kein öffentliches Aufsehen», sagte Mr. Marcus Hardman vielleicht zum vierzehnten Mal.

Die Worte «öffentliches Aufsehen» tauchten in seinem Redefluss so regelmäßig auf wie ein Leitmotiv. Mr. Hardman war ein kleiner Mann, angenehm rundlich, mit sorgfältig manikürten Händen und einer klagenden Tenorstimme. Auf seine Art war er eine Berühmtheit, und sein Beruf war es, vornehm zu leben. Er war reich, aber nicht unmäßig reich, und gab sein Geld mit Begeisterung für Geselligkeit und Vergnügen aus. Sein Steckenpferd war das Sammeln. Er hatte die Seele eines Sammlers. Alte Spitzen, alte Fächer, antiker Schmuck – das gefiel Marcus Hardman. Nur nichts Gewöhnliches oder Modernes.

Poirot und ich waren, einer dringenden Aufforderung Folge leistend, zu ihm gekommen. Der kleine Mann wurde von quälender Ungewissheit gepeinigt. Unter den gegebenen Umständen die Polizei zu rufen, wäre ihm entsetzlich gewesen. Sie andererseits nicht zu rufen, hätte für ihn bedeutet, sich mit dem Verlust einiger Schmuckstücke aus seiner Sammlung abzufinden. Poirot war ein Kompromiss für ihn.

«Meine Rubine und das Smaragdhalsband, Monsieur Poirot, das angeblich Katharina von Medici gehörte. Oh, das Smaragdhalsband!»

«Würden Sie mir die näheren Umstände schildern, unter denen sie verschwunden sind?» schlug Poirot beschwichtigend vor.

«Ich versuche es. Gestern Nachmittag gab ich eine kleine Teegesellschaft – eine ganz zwanglose Angelegenheit, ungefähr ein halbes Dutzend Leute. Ich habe im Lauf der Saison schon eine oder zwei dieser kleinen Partys gegeben, und sie waren, obwohl ich das vielleicht nicht sagen sollte, ein ziemlicher Erfolg. Ein bisschen gute Musik – Nacora, der Pianist, und Katherine Bird, die australische Altistin - in meinem großen Studio. Am frühen Nachmittag zeigte ich den Gästen meine Sammlung von mittelalterlichem Schmuck. Ich bewahre sie in dem kleinen Wandsafe auf. Er sieht innen wie eine Schmuckvitrine aus. Der Hintergrund aus farbigem Samt bringt die Steine besonders gut zur Geltung. Hinterher besichtigten wir die Fächer in dem Wandschränkchen dort drüben. Dann gingen wir alle ins Studio, um Musik zu hören. Dass jemand den Safe geplündert hatte, entdeckte ich erst, nachdem alle Gäste gegangen waren. Wahrscheinlich habe ich ihn nicht ordentlich abgeschlossen, und jemand hat die Gelegenheit genutzt, ihn auszuräumen. Die Rubine, Monsieur Poirot, das Smaragdhalsband – mein Leben lang habe ich gebraucht, um sie zu sammeln. Was würde ich nicht darum geben, sie zurückzubekommen! Sie verstehen das doch richtig, Monsieur Poirot, nicht wahr? Meine Gäste, meine Freunde! Es wäre ein entsetzlicher Skandal.»

«Wer hat als letzter diesen Raum verlassen, als Sie alle ins Studio hinübergingen?»

«Mr. Johnston. Kennen Sie ihn vielleicht? Der Millionär aus Südafrika. Er hat eben das Haus der Abbotsburys in der Park Lane gemietet. Ich erinnere mich, dass er ein paar Sekunden lang zurückblieb. Aber er kann es bestimmt nicht gewesen sein!»

«Ist einer Ihrer Gäste im Lauf des Nachmittags unter einem Vorwand noch einmal in dieses Zimmer gegangen?»

«Ich war auf diese Frage vorbereitet, Monsieur Poirot. Es waren drei: Gräfin Vera Rossakoff, Mr. Bernard Parker und Lady Runcorn.»

«Erzählen Sie uns etwas über sie.»

«Gräfin Rossakoff ist eine sehr charmante russische Dame, eine Vertreterin des alten Regimes. Sie ist erst vor kurzem nach England gekommen. Sie hatte sich bereits von mir verabschiedet, daher war ich ziemlich überrascht, als ich sie in diesem Zimmer entdeckte. Aber es sah so aus, als bewundere sie ganz entzückt meine Fächersammlung. Wissen Sie, Monsieur Poirot, je länger ich darüber nachdenke, um so verdächtiger kommt mir das vor. Sind Sie nicht auch der Meinung?»

«Es ist sogar höchst verdächtig. Aber lassen Sie mich noch etwas über die anderen hören.»

«Nun, Parker kam nur herein, um einen Kasten mit Miniaturen zu holen, die ich Lady Runcorn unbedingt zeigen wollte.»

«Und Lady Runcorn selbst?»

«Sie wissen bestimmt, dass Lady Runcorn eine Dame mittleren Alters mit einem sehr energischen Charakter ist, die einen Großteil ihrer Zeit verschiedenen wohltätigen Komitees opfert. Sie war nur noch einmal hier drin, um ihre Handtasche zu holen, die sie irgendwo hingelegt hatte.»

«*Bien*, Monsieur. Wir haben also vier mögliche Verdächtige. Die russische Gräfin, die englische Grande Dame, den südafrikanischen Millionär und Mr. Bernard Parker. Wer ist übrigens Mr. Parker?»

Die Frage schien Mr. Hardman in ziemliche Verlegenheit zu bringen.

«Er ist – eh – nun ja, er ist ein junger Mann. Also, Tatsache ist, er ist ein junger Mann, den ich kenne.»

«Zu diesem Schluss bin ich schon selbst gekommen», erwiderte Poirot sachlich. «Aber was macht dieser Mr. Parker?»

«Er ist ein junger Geschäftsmann, der – der vielleicht nicht ganz ‹dazugehört›, wenn ich es mal so ausdrücken darf.»

«Darf ich fragen, wie es dazu kam, dass Sie sich mit ihm anfreundeten?»

«Nun ja, er hat – ein- oder zweimal gewisse kleine Aufträge für mich erledigt.»

«Erzählen Sie nur weiter, Monsieur», sagte Poirot.

Hardman sah ihn flehend an. Mehr zu erzählen war offensichtlich das letzte, was er wollte. Aber als Poirot unerbittlich schwieg, gab er sich geschlagen.

«Sehen Sie, Monsieur Poirot, es ist allgemein bekannt, dass ich an antikem Schmuck interessiert bin. Manchmal wird ein Familienerbstück angeboten, das nie auf den offenen Markt gelangen oder an einen Händler verkauft werden würde. Aber ein privater Verkauf an mich ist etwas ganz anderes. Parker kümmert sich um die Einzelheiten solcher Verkäufe. Er steht mit beiden Seiten in Verbindung, und dadurch wird jede auch noch so geringe Peinlichkeit vermieden. Er macht mich auch auf entsprechende Angebote aufmerksam. Zum Beispiel hat Gräfin Rossakoff einen Teil ihres Familienschmucks aus Russland mitgebracht, den sie gern verkaufen möchte. Bernard Parker war auch hier der Vermittler.»

«Ich verstehe», sagte Poirot nachdenklich. «Und Sie vertrauen ihm rückhaltlos?»

«Ich habe keinen Grund, es nicht zu tun.»

«Mr. Hardman, welche von diesen vier Personen verdächtigen Sie selbst?»

«Aber Monsieur Poirot, was für eine Frage! Es sind meine Freunde, wie ich Ihnen schon sagte. Ich verdächtige keinen – oder alle, wie es Ihnen lieber ist.»

«Das nehme ich Ihnen nicht ab. Sie verdächtigen einen der vier. Es ist nicht Gräfin Rossakoff. Es ist nicht Mr. Parker. Ist es Lady Runcorn oder Mr. Johnston?»

«Sie drängen mich in die Ecke, Monsieur Poirot, wirklich, das tun Sie. Ich will um keinen Preis einen Skandal! Lady Runcorn gehört einer der ältesten Familien Englands an. Aber es ist die Wahrheit – eine äußerst peinliche Wahrheit –, dass ihre Tante Lady Caroline an einem sehr traurigen Gebrechen litt. Ihre Freunde hatten natürlich Verständnis für sie, und ihre Zofe brachte die Teelöffel – oder was es auch sein mochte – so schnell wie möglich zurück. Begreifen Sie meine missliche Lage?»

«Lady Runcorn hatte also eine Tante, die Kleptomanin war? Sehr interessant. Erlauben Sie, dass ich mir den Safe ansehe?»

Nachdem Mr. Hardman zugestimmt hatte, öffnete Poirot die Safetür weit und untersuchte das Innere. Die leeren, mit Samt ausgeschlagenen Fächer gafften uns an.

«Die Tür schließt auch jetzt nicht richtig», murmelte

Poirot und schwang sie hin und her. «Ich frage mich, warum. Ah, was haben wir denn hier? Einen Handschuh, der sich in der Türangel verfangen hat. Einen Männerhandschuh.»

Ich hielt ihn Mr. Hardman entgegen.

«Der gehört mir nicht», sagte er.

«Da ist ja noch etwas!» Poirot bückte sich flink und hob vom Boden des Safes einen kleinen Gegenstand auf. Es war ein flaches Zigarettenetui aus schwarzem Moiré.

«Mein Zigarettenetui!», rief Mr. Hardman.

«Das Ihre? Gewiss nicht, Monsieur. Das sind nicht Ihre Initialen.»

Er zeigte auf ein verschlungenes aus zwei Buchstaben bestehendes Monogramm aus Platin.

Hardman nahm das Etui in die Hand.

«Sie haben Recht», erklärte er. «Es sieht meinem Etui zwar zum Verwechseln ähnlich, aber die Initialen sind nicht die meinen. Ein P und ein B. Guter Gott – Parker!»

«Es hat ganz den Anschein», sagte Poirot. «Ein sehr nachlässiger junger Mann, besonders, wenn dieser Handschuh auch ihm gehört. Das wäre ein doppelter Hinweis, nicht wahr?»

«Bernard Parker!», murmelte Hardman. «Welche Erleichterung! Nun, Monsieur Poirot, ich überlasse es Ihnen, mir die Schmuckstücke wiederzubeschaffen. Übergeben Sie die Sache der Polizei, wenn Sie es für erforderlich halten – das heißt, wenn Sie hundertprozentig davon überzeugt sind, dass er der Schuldige ist.»

«Sehen Sie, mein lieber Hastings», sagte Poirot zu mir, während wir das Haus verließen, «er hat ein Recht, das für die Adeligen, und ein anderes, das für den einfachen Mann gilt, dieser Mr. Hardman. Da ich nicht geadelt wurde, stehe ich auf der Seite des einfachen Mannes. Mir tut dieser junge Mensch Leid. Die ganze Sache war ein bisschen merkwürdig, nicht wahr? Hardman verdächtigte Lady Runcorn, ich verdächtigte die Gräfin und Johnston, und dabei war von Anfang an der obskure Mr. Parker unser Mann.»

«Warum verdächtigten Sie die beiden anderen?»

«*Parbleu!* Es ist so einfach, eine russische Emigrantin oder ein südafrikanischer Millionär zu sein. Jede Frau kann sich eine russische Gräfin nennen. Jeder x-beliebige kann ein Haus in der Park Lane mieten und behaupten, er sei ein Millionär aus Südafrika. Wer sollte – wer könnte es widerlegen? Aber ich stelle eben fest, dass wir durch die Bury Street gehen. Unser leichtsinniger junger Freund wohnt hier. Schmieden wir doch das Eisen, solange es heiß ist, wie man so schön sagt.»

Mr. Bernard Parker war zu Hause. Er ruhte, mit einem erstaunlichen Schlafrock in Purpur und Orange bekleidet, lässig in einigen Kissen. Selten habe ich gegen einen Menschen eine größere Abneigung empfunden als gegen diesen jungen Mann mit seinem blassen femininen Gesicht und seiner affektierten, lispelnden Sprechweise.

«Guten Morgen, Monsieur», sagte Poirot kurz. «Ich komme von Mr. Hardman. Gestern auf seiner Party hat ihm jemand den ganzen Schmuck gestohlen. Gestatten Sie mir zu fragen, Monsieur – ist das Ihr Handschuh?»

Mr. Pakers geistige Beweglichkeit schien nicht sehr groß zu sein. Er starrte den Handschuh an, als sei er mit seinem Verstand am Ende.

«Wo haben Sie ihn gefunden?», fragte er endlich.

«Ist das Ihr Handschuh, Monsieur?»

Mr. Parker schien einen Entschluss zu fassen. «Nein, er gehört nicht mir», erklärte er.

«Und dieses Zigarettenetui, gehört das Ihnen?»

«Ganz bestimmt nicht. Ich habe ein silbernes, und das trage ich immer bei mir.»

«Nun gut, Monsieur. Dann kann ich die Sache ja der Polizei übergeben.»

«Also, das würde ich an Ihrer Stelle nicht tun!», rief Mr. Parker leicht beunruhigt. «Schließlich unsympathische Leute, diese Polizisten. Warten Sie ein bisschen. Ich möchte vorher mit dem alten Hardman reden. Hören Sie – so warten Sie doch noch einen Moment!»

Aber Poirot marschierte schon energisch hinaus.

«Wir haben ihm etwas zum Nachdenken gegeben, nicht wahr?», sagte er kichernd. «Morgen werden wir sehen, was daraus geworden ist.»

Doch das Schicksal wollte es, dass wir schon am selben Nachmittag wieder an den Hardman-Fall erinnert wurden. Ganz plötzlich flog die Tür auf, und ein Wirbel in menschlicher Gestalt fegte herein, von einem Zobelpelz umwogt (denn es war so kalt, wie es nur an einem englischen Junitag sein kann), auf dem Kopf einen Hut mit einem Haufen Federn dahingemetzelter Reiher. Gräfin Vera Rossakoff war eine ziemlich aufregende Person.

«Sie sind Monsieur Poirot? Was haben Sie getan? Sie beschuldigen diesen armen Jungen! Das ist infam! Das ist skandalös! Ich kenne ihn. Er ist ein Hühnchen, ein Lamm, er würde nie etwas stehlen. Er hat alles für mich getan. Soll ich untätig dabeistehen und zusehen, wie er gefoltert und abgeschlachtet wird?»

«Sagen Sie mir, Madame, ist das sein Zigarettenetui?» Poirot hielt ihr das schwarze Moiré-Etui entgegen.

Die Gräfin schwieg einen Augenblick und betrachtete es.

«Ja, das gehört ihm. Ich kenne es gut. Was ist damit? Haben Sie es in dem bewussten Zimmer gefunden? Wir haben uns alle dort aufgehalten. Wahrscheinlich hat er es da verloren. Ah, ihr Polizisten, ihr seid schlimmer als die Roten ...»

«Und das ist sein Handschuh?»

«Woher soll ich das wissen? Ein Handschuh sieht aus wie der andere. Versuchen Sie nicht, mich aufzuhalten. Er muss entlastet werden. Sein Charakter muss reingewaschen werden! Sie werden das tun! Ich verkaufe meinen Schmuck und gebe Ihnen viel Geld.»

«Madame ...»

«Sind wir uns einig? Nein, nein, widersprechen Sie nicht! Der arme Junge! Mit Tränen in den Augen kam er zu mir. ‹Ich rette dich›, habe ich zu ihm gesagt. ‹Ich gehe zu diesem Mann – diesem Menschenfresser, diesem Ungeheuer. Überlass alles nur Vera.› Die Sache ist abgemacht, ich gehe wieder.»

Genauso unzeremoniell wie sie gekommen war, rauschte sie hinaus und ließ nur die betäubende Wolke eines exotischen Parfüms zurück.

«Was für eine Frau!», rief ich. «Und dieser Pelz!»

«Ja, er ist tatsächlich echt. Könnte eine falsche Gräfin einen echten Pelz haben? Ein kleiner Scherz, Hastings. Nein, sie ist wirklich Russin, glaube ich. So, so, Master Bernard ist also blökend zu ihr gelaufen.»

«Das Zigarettenetui gehört ihm. Ich frage mich, ob der Handschuh auch ...»

Lächelnd zog Poirot einen zweiten Handschuh aus der Tasche und legte ihn neben den ersten. Es war unverkennbar ein Paar.

«Wo haben Sie den zweiten her, Poirot?»

«Er lag in der Bury Street zusammen mit einem Spazierstock auf dem Tisch in der Diele. Wirklich ein sehr nachlässiger junger Mann, unser Monsieur Parker. Aber, *mon ami*, wir müssen gründlich sein. Deshalb will ich jetzt, nur der Form halber, einen Besuch in der Park Lane machen.»

Ich brauche kaum zu betonen, dass ich meinen Freund begleitete. Johnston war nicht zu Hause, aber wir sprachen mit seinem Privatsekretär und erfuhren, dass der Millionär erst vor kurzem aus Südafrika gekommen war. Er war nie vorher in England gewesen.

«Er interessiert sich für kostbare Steine, nicht wahr?», fragte Poirot.

«Für Goldminen wäre zutreffender», antwortete der Sekretär lachend.

Poirot war nach dieser Unterredung sehr nachdenklich. Am späten Abend ertappte ich ihn zu meiner größten Überraschung dabei, wie er in einer russischen Grammatik las.

«Gütiger Himmel, Poirot!», rief ich. «Lernen Sie am Ende Russisch, um mit der Gräfin in ihrer Muttersprache reden zu können?»

«Auf mein Englisch wollte sie ja nicht hören, mein Freund.»

«Aber, Poirot, alle Russen aus guter Familie sprechen Französisch.»

«Was Sie nicht alles wissen, Hastings! Wunderbar! Dann kann ich ja aufhören, mich mit den Schwierigkeiten des russischen Alphabets abzuplagen.»

Er warf das Buch mit einer dramatischen Geste hin. Ich war nicht ganz zufrieden. In seinen Augen lag ein Glitzern, das ich seit langem kannte. Es war unweigerlich das Zeichen dafür, dass Poirot mit sich selbst sehr zufrieden war.

«Vielleicht», sagte ich weise, «zweifeln Sie daran, dass sie wirklich Russin ist. Wollen Sie sie auf die Probe stellen?»

«Nein, nein, sie ist echt.»

«Nun, dann ...»

«Wenn Sie sich bei diesem Fall auszeichnen möchten, Hastings, empfehle ich *Russisch für Anfänger* als unbezahlbare Hilfe.»

Dann lachte er und wollte nichts mehr sagen. Ich nahm das Buch und blätterte neugierig darin, konnte mir jedoch auf Poirots Bemerkung keinen Reim machen.

Der nächste Morgen brachte uns nichts Neues, aber das schien meinen kleinen Freund nicht zu beunruhigen. Beim Frühstück teilte er mir mit, er habe die Absicht, Mr. Hardman einen frühen Besuch abzustatten. Wir trafen den ältlichen Gesellschaftsschmetterling zu Hause an, und er schien ein wenig ruhiger zu sein als am Tag vorher.

«Nun, Monsieur Poirot, was gibt es Neues?», fragte er eifrig.

Poirot reichte ihm einen Zettel.

«Dies ist die Person, die die Schmuckstücke stahl, Monsieur. Soll ich den Fall der Polizei übergeben? Oder wäre es Ihnen lieber, den Schmuck zurückzubekommen, ohne dass sie hinzugezogen wird?»

Mr. Hardman starrte auf das Stück Papier hinunter. Es dauerte etwas, bis er seine Stimme wieder fand.

«Sehr erstaunlich! Mir wäre es sehr, sehr lieb, wenn es wegen dieser Sache keinen Skandal gäbe. Sie haben Carte blanche, Monsieur Poirot. Ich weiß, Sie werden diskret sein.»

Als nächstes riefen wir ein Taxi, das uns auf Poirots Anweisung hin zum «Carlton» brachte. Dort fragte er nach Gräfin Rossakoff. Ein paar Minuten später wurden wir zu ihrer Suite hinaufgeleitet. Sie kam uns, in ein herrliches, barbarisch gemustertes Negligé gehüllt, mit ausgestreckten Händen entgegen.

«Monsieur Poirot!», rief sie. «Sie hatten Erfolg? Sie haben das arme Kind von jedem Verdacht befreit?»

«Ihr Freund Mr. Parker wird bestimmt nicht verhaftet werden, Gräfin.»

«Was für ein kluger kleiner Mann Sie doch sind! Großartig! Und auch noch so schnell.»

«Andererseits habe ich aber Mr. Hardman versprochen, dass er die Juwelen noch heute zurückerhält.»

«Und?»

«Darum wäre ich Ihnen sehr verbunden, Madame, wenn Sie sie mir sofort aushändigten. Ich bedaure, Sie zur Eile antreiben zu müssen, aber ich habe das Taxi warten lassen, falls ich nach Scotland Yard fahren müsste. Und wir Belgier, Madame, sind sparsame Leute.»

Die Gräfin hatte sich eine Zigarette angezündet. Ein paar Sekunden saß sie völlig reglos da, blies Rauchringe in die Luft und sah Poirot gelassen an. Dann brach sie in

Lachen aus und stand auf. Sie ging zum Sekretär, öffnete eine Schublade, nahm eine Handtasche aus schwarzer Seide heraus und warf sie mit einem leichten Schwung Poirot zu. Als sie sprach, lang ihre Stimme völlig unbeschwert und unbewegt.

«Wir Russen sind dagegen sehr verschwenderisch», sagte sie. «Und dazu braucht man unglücklicherweise Geld. Sie müssen nicht nachsehen, es ist alles da.»

Poirot stand auf.

«Ich beglückwünsche Sie, Madame, zu ihrem raschen Verstand und zu Ihrer Geistesgegenwart.»

«Was konnte ich sonst tun, da doch Ihr Taxi wartet?»

«Sie sind zu liebenswürdig, Madame. Bleiben Sie lange in London?»

«Leider nein – dank Ihnen.»

«Ich bitte Sie um Verzeihung.»

«Vielleicht begegnen wir uns ein andermal wieder.»
«Das hoffe ich.»

«Und ich – ich hoffe es nicht!», rief die Gräfin lachend. «Es ist ein großes Kompliment, das ich Ihnen damit mache – es gibt auf der Welt nur wenig Männer, vor denen ich Angst habe. Leben Sie wohl, Monsieur Poirot.»

«Leben Sie wohl, Gräfin. Ah – entschuldigen Sie, fast hätte ich es vergessen. Erlauben Sie mir, Ihnen Ihr Zigarettenetui zurückzugeben.»

Und mit einer Verbeugung überreichte er ihr das kleine schwarze Moiré-Etui, das wir im Safe gefunden hatten. Sie nahm es entgegen, ohne eine Miene zu verziehen, zog nur eine Braue hoch und murmelte: «Ich verstehe.»

«Was für eine Frau!», rief Poirot begeistert, während wir die Treppe hinuntergingen. «*Mon Dieu, quelle femme!* Kein Wort des Widerspruchs, kein Streit, kein Bluff. Ein rascher Blick, und sie hatte die Situation erfasst. Ich sage Ihnen, Hastings, eine Frau, die eine Niederlage so einstecken kann – mit einem sorglosen Lächeln –, wird es noch weit bringen. Sie ist gefährlich, sie hat Nerven aus Stahl, sie …» Er stolperte heftig.

«Wenn Sie Ihren Schwung etwas bremsen und aufpassen, wohin Sie treten, wäre das besser für Sie», meinte ich. «Wann haben Sie die Gräfin zum ersten Mal verdächtigt?»

«*Mon ami*, es waren der Handschuh *und* das Zigarettenetui, dieses – sagen wir – doppelte Indiz, das mir Kopfzerbrechen bereitete. Bernard Parker hätte leicht eines der beiden Dinge verlieren können – aber kaum beide. Nein, nein, das wäre zu nachlässig gewesen! Andererseits, wenn jemand Parker belasten wollte, hätte ebenfalls eins von beiden genügt: das Zigarettenetui *oder* der Handschuh. Wieder wäre beides zu viel des Guten gewesen. Ich musste daher daraus schließen, dass einer der beiden Gegenstände nicht Parker gehörte. Zuerst dachte ich, das Etui sei das seine. Aber als ich bei ihm den zweiten Handschuh fand, erkannte ich, dass meine Vermutung falsch war. Wem gehörte dann das Zigarettenetui? Auf keinen Fall Lady Runcorn. Die Initialen stimmten nicht. Mr. Johnston? Nur, wenn er unter falschem Namen hier lebte. Ich sprach mit seinem Sekretär, und mir war sofort klar, dass er über jeden Verdacht erhaben war. In Mr. Johnstons Vergangenheit gab es nichts zu verbergen. Also die Gräfin? Angeblich hatte sie aus Russland die Juwelen mitgebracht. Sie brauchte nur die Steine aus den Fassungen zu brechen, und schon wäre es kaum mehr möglich gewesen, sie zu identifizieren. Sie hätte ganz leicht einen von Parkers Handschuhen vom Tisch in der Halle nehmen und ihn in den Safe legen können. Aber, *bien sûr*, sie hatte bestimmt nicht die Absicht, ihr eigenes Zigarettenetui zu vergessen.»

«Wenn das Etui ihr gehört, warum ist es dann mit den Initialen B.P. verziert? Das Monogramm der Gräfin ist doch V.R.»

Poirot lächelte mich freundlich an.

«Eben, *mon ami!* Im russischen Alphabet ist das B ein V und das P ein R.»

«Nun, wie hätte ich das erraten sollen? Das können Sie wirklich nicht von mir erwarten! Ich spreche nicht Russisch.»

«Ich auch nicht, Hastings. Deshalb kaufte ich jenes kleine Buch und empfahl es Ihrer Aufmerksamkeit.»

Er seufzte.

«Eine bemerkenswerte Frau. Ich habe das Gefühl, ein sehr deutliches Gefühl, mein Freund, dass ich sie Wiedersehen werde. Ich frage mich nur – wo?»